江南
岁时笺

任淡如·著

北京大学出版社
PEKING UNIVERSITY PRESS

图书在版编目（CIP）数据

江南岁时笺 / 任淡如著. —北京：北京大学出版社，2023.1

ISBN 978-7-301-33668-7

Ⅰ.①江… Ⅱ.①任… Ⅲ.①随笔—作品集—中国—当代 Ⅳ.①I267.1

中国版本图书馆CIP数据核字（2023）第003997号

书　　名	江南岁时笺 JIANGNAN SUISHI JIAN
著作责任者	任淡如　著
责任编辑	武　芳　方哲君
标准书号	ISBN 978-7-301-33668-7
出版发行	北京大学出版社
地　　址	北京市海淀区成府路205号　100871
网　　址	http://www.pup.cn　新浪微博:@北京大学出版社
电子信箱	dianjiwenhua@126.com
电　　话	邮购部 010-62752015　发行部 010-62750672 编辑部 010-62756694
印 刷 者	北京九天鸿程印刷有限责任公司
经 销 者	新华书店 880毫米×1230毫米　32开本　10印张　200千字 2023年1月第1版　2023年1月第1次印刷
定　　价	68.00元

未经许可，不得以任何方式复制或抄袭本书之部分或全部内容。
版权所有，侵权必究
举报电话：010-62752024　电子信箱：fd@pup.pku.edu.cn
图书如有印装质量问题，请与出版部联系，电话：010-62756370

目 录

有一种日子，叫江南 / 1

从前，江南的正月 / 1

东风第一枝 / 8

滚绣坊 / 17

缟衣霜袂玉堂春 / 24

又到杏花春雨天 / 30

韶华盛 / 37

梅花落 / 44

陌上花 / 50

似此花朝 / 57

雨打梨花深闭门 / 65

棣棠花开时 / 71

紫藤花下坐 / 83

采茶去 / 89

荼蘼如雪 / 96

风到楝花 / 103

石榴红,梅子青 / 108

流水落花春去也 / 117

绿了芭蕉 / 124

过不过端午,打什么紧 / 131

梅子黄时雨 / 136

出梅,入伏 / 144

那南风吹来清凉 / 150

独坐黄昏谁是伴 / 158

不知荷年荷月 / 165

朝生暮落之花 / 171

贺新凉 / 177

藤萝花底 / 184

一叶落知天下秋 / 191

秋彼岸 / 199

苦夏之后的头一碗欢喜 / 205

白露生 / 210

欲买桂花同载酒 / 216

南国,正清秋 / 223

采得黄花作枕囊 / 230

待晚先烧柏子香 / 238

且食秋 / 245

柿子和蟹 / 251

时节正宜霜 / 259

瓶菜洵已美，蒸制美逾并 / 266

人间忽晚，山河已冬 / 272

能饮一杯无 / 281

檐牙，枝最佳 / 285

腊八有粥 / 290

插了梅花便过年 / 296

有一种日子,叫江南

真的。

如果想要喝酒了,就自己酿一坛。

喜欢上哪件衣服了,就自己缝一件。

……觉得孤单了,就弹一支曲子给自己听。

这样,一年又一年的日子就过去了。

院子里有一丛竹子,唤作慈孝竹。因了母慈子孝,源源不绝地生出小竹子来,新篁覆盖蔓延,把眼前都遮密实了。

竹叶长得太茂密的时候,在阳台伸手就可剪下一大箩,拿去浸泡蒸烧,得到的竹露,是纯净的透明,一如天地初生时的无邪。刚开始并不很好闻,要封藏很久,原本的清气才缓缓苏

竹影

醒过来。

三月初的时候，我们去太湖边摘半开的梅花。那时它开到五分，正是最饱满的姿态，有最洁净的花瓣和最含蓄的清香，连那分白，也是恰到好处的妍润。回来稍稍择选，和盐匀洒，重纸密封。梅花成了茶，古人唤它暗香汤。

五月份，河岸的野蔷薇会开到要疯。八月份有荷花。十月有桂花。我们都去摘来。容易开败的，做成花露，四季都留着那股惹人喜爱的香气。可以保存的，晾干了做个随身的花囊或者花茶。花茶也有简单的做法，荷花和桂花开得正好的时候，拌上黄芽或碧螺春，把清鲜的花气匀在茶里，就是桂花茶和荷花茶。

寻常白酒和黄酒，我是不大喝的。可是做成青梅酒和杨梅酒，又好喝得两样。

五月份青梅下市，六月份杨梅下市，都是一错眼就错过一年。

青梅酒用黄酒，色作橘红，有种馥郁的醉。杨梅酒用白酒，色作艳红，是清冽而甜蜜的味道。

可惜，每年都落市落得太快，总是匆匆忙忙地打了青梅和杨梅，匆匆忙忙地做了三五坛，季节就过去了。

初夏或者初秋，天气不冷也不热的时候，在院子里搭几个架子，摆好洋葱皮，剪开栀子果，装一袋子苏木，随手摘两片大得不得了的枇杷叶,分别丢进水里煮开,再把早前做好的纯白的丝麻披帛和衣物、桑蚕丝围巾、带着小麻籽的麻坯布丢进去,一个小染坊就开工了。

暖热的风转成凉风时,橘子大量上市。橘子吃完了留下皮晒干,打成粉,是那种鲜黄色,好看,也说不出的好闻。我们用橘子粉来配檀香或者沉香。有时候是清露配着,反正清露也是现成的,蔷薇的清露、菊花的清露、桂花的清露,其中要数桂花清露最是香得不要不要的。

除了橘子皮,我们也攒过荔枝壳,也攒甘蔗渣和梨皮……

有空的时候,我们就拿这些攒下来的,做一些香存着。青玉案、韶华盛都要很长的时间才能散出好闻的香味来。

也用这些做香珠和香牌,如果要流苏,也是自己做。拿一块大小合适的小纸板,一丝一丝地缠出来——顶需要的只是耐心。

有时候三两个人在一起,一个做流苏的时候,另两个就缝一本花草笺的手抄本,用的是自己做的花草笺。不过缝书是件太从前的事……动用了顶针才勉强缝上。

这些手抄本,可以用来抄

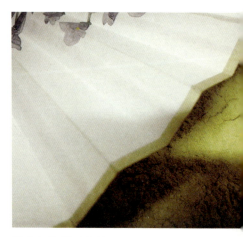

鲜黄色的橘子皮粉

《诗经》。全部抄完,大概需要十一本的样子。

这些事情做着做着,就到了冬天。

可以生热热的火,炉上煮一壶滚烫的水。榻上放一本手抄的《诗经》。拿出自己晒的柑茶,布好茶席。看日影移过琴弦,一声一声地往下落。

有人弹《忆故人》,有人弹《归去来辞》,有人弹《梅花三弄》,有人弹《良宵引》。

有人画完了费晓楼仕女,有人画完了陈老莲的莲花,有人决定要画《韩熙载夜宴图》里那一组乐女。

茶台上的茶盏,我数了数,总共四十多只。

有的坐在木框子里,有的坐在小茶架上。

自己晒的柑茶

当然每一只都是不大一样的。一样的也有,降坡泥莲蓬杯有两只,我的那只刻的是"书之岁华"。

物与人都是类聚的。茶盏也随主人的性格。也许我们都走了以后,茶盏们会在暗夜里交谈,口无遮拦地评说那些从前的日子,从前的人。

从前,江南的正月

从前,过年是江南顶重要的日子。

当然现在还是重要的,只是过年的味儿,淡了许多。

这顶重要的日子不是从正月初一开始的,要往前提几天,大概从腊月二十三开始。

这天要祭灶。祭灶是什么意思,现在很多人已经不大懂得了——从前,传说有灶神藏在每一家的灶台里,腊月二十三,是灶神上天向玉皇大帝作年终报告的日子,报告所在的人家做了多少善事和恶事。于是,人家送灶神上天前,总希望哄他开心,拿甜蜜蜜的冻米糖黏住灶神的嘴,使他说不出坏话来。

后来祭灶的仪式渐渐消失,但是祭灶的规矩还在的:不许叹气,不许打碎东西,不许说有忌讳的字眼。

直到除夕夜。

许多年前,这段等待过年的时间里是有年货可以拿的。印象深刻的是大黄鱼,冻得梆硬地从车上卸下来,或者还有带鱼?应该还有猪肉、菜、笋?此刻想起,只是记得大堆大堆地卸,按门按户分到家,家里便要准备过年了。

瓜子、花生都是自己炒,除夕夜,家里一口大锅,和着铁砂炒上很久才能炒熟。有水果羹,内里放上蜜枣和青红丝,最是甜蜜。皮蛋用细细的棉线绞成八瓣。放凉了的鸡肉斩成白切件,散出馋人的香味来。

我母亲一手置办过年的全套行头和物事。过完年,春晒笋片干菜,清明做麦果,端午做粽,夏做酒酿、杨梅酒,冬晒番薯干,然后又到过年,都是她亲力亲为。家家主妇也都这样。

过年,就有年画。

往年的年画里总是藏着一股不知所以的欢喜气。

王文娟和徐玉兰演罢那一场《红楼梦》以后几十年,绘着她们剧照的年画还盛销不衰。或是坐读《西厢》,或是黛玉葬花,黄色衫子挨着紫色袍子,竟然也不觉得俗艳。眉目都是不甚清晰,有点淡淡的模糊,看着反觉得好。这样一出悲剧感甚重的故事,甚至贴在过年时娶亲的屋子里。并不觉得哀。满堂红色家当,墙上窗边簇新的年画,端详画中人的眉目,便觉得有细细的生之喜悦。

大年初一吃赤豆饭,喝团子赤豆汤。从初一到初十走马灯似的走亲戚,当然,最重要的是外婆家。

外婆家在青江渡,对岸是甘陆房,我一个姨母嫁到了那里。

青江渡和甘陆房之间的这条河,来回最多几十米,只有一只水泥船,我小时候在渡口玩耍,常常从这头坐到那头,又从那头坐回来。

除了坐船,我常坐在灶台边看大人烧火,火声噼里啪啦,爆响如豆,耐烧的柴火多是些手指粗的枝节,有些还连枝带叶。也把稻草束点燃丢进灶洞里。

坐读《西厢》

农村到处可见稻草堆,即使雨天渥湿了,甚至湿到发出霉气来,也没人理会——日头出来就好了。稻草束大概用来引火较多,为其一点即着;但不能作燃物,为其一烧即无。灶台下面——该叫什么呢,灰塘?

灰塘可真是个好地方啊,那里草灰经年累积,盈满一塘。我用火钳从灶洞里往外扒拉,那些灰是厚的、软的、温的,间或有暗红色的火星一闪。橘子和年糕都可以埋在灰里。年糕煨它一段时间,表皮作黑黄色,用手碰它,绵软有弹性,糯米的香气从烧焦处溢出来。

于是便这样一日日过下去。

在外婆房间里烘手炉。老话不叫手炉,叫火盅,紫铜做的,上面有很多小孔,形制有大有小,盖子掀开后,铺一层无烟炭燃着,盖子上铺略厚、能传热又不烫手的布料,脚下踩一个,手里再捧一个,任是阴寒天气,周身也觉温暖。

大大小小一家子磕小核桃。临安山核桃到现在也有名。这种山核桃,不是那种可以用手捏碎的纸皮核桃,或者练手劲用的大核桃,很小,也就一个硬币那么大,有极硬的壳,有人以榔头打砸之,或以门枢夹击之——门枢力道之强,令人骨寒。小时候牙齿还没有变坏,执坚破锐,毫不为意,这种外面抹一层椒盐的山核桃,都是放在齿间"咔喇"一声咬开,再在一片破碎中挖取核桃肉,没有大核桃那么多肉,但是别有滋味,比大核桃好吃——正月里闲坐嗑山核桃,破与吃，各分一半趣味。

当然也少不了老酒。越中人家，个个是自小饮老酒的。从乡村到城镇，家家皆备一只锡壶。打造不甚精美，色作青灰，拎在手里沉甸甸的，壶身镂刻花纹，可以用很多年。正月里，不分老幼，也不分能饮与否，各人面前一律有酒盅一只，大概一两见深，白底蓝花。主妇把锡壶放到煤炉上去烧开了，或连壶放到滚热水里烫着，每人面前斟上一点，慢慢喝着。

老酒虽温热，饮后性烈，断不能一口饮尽，也从未见人这样狂饮过。往往是，菜已经凉了，一壶酒温了又温，能"吃"上几个时辰——江南人家不叫饮酒，叫"吃酒"。吃到一桌子的菜都没有了，酒也就吃完了。我打小起，以为人人都须在过年时饮老酒，也以为世上只有一种酒，就是老酒。

手炉

老酒

作为老酒的副产品,这时节,人家厨房里皆备有一缸用来糟肉的酒糟,从鸡鸭到鱼到猪,无所不能糟,可以吃到元宵开外。弃之无用的糟粕,在越中厨房延续了很多年的生命,也在越中人家的饭桌上就着酒被吃下去。

正月初一到正月十五是不做饭的。

也许是因为寒,也许是因为过年,反正正月头做一次菜,可以一直放到十五。梅菜扣肉、油豆腐炖肉、黄鱼鲞、炖肘子、酒糟鸡和酒糟肉、呛蟹和咸菜、蛋饺和肉皮。不管过年到哪户人家去走亲戚,桌上必然有一半菜,都是这样用筷子撬一撬,一大块琥珀样的、各式各样的冻。

记忆模糊了,不大记得这样反复地到各家吃类似的东西,是什么滋味。总记得终于到了元宵,一碗热热的黑芝麻糯米汤圆吃下去。

以前元宵,越中人家户户要搓糯米团子:掐开一个洞,把黑芝麻白糖馅塞进去——砸黑芝麻白糖一定是小孩子的任务,使的道具是大搪瓷杯和锅铲柄,总要一个人坐在凳子上砸很久才得了一碗——放了馅进去就封口,揉圆,再捏出一个小尖儿来,搁在抹了生粉的圆盘子上,颗儿不大,小小的一团一团立着,小尖儿冲天。黑芝麻白糖馅里有时候加猪油,有时候加鸡油,若是加了鸡油,下水煮的时候就有黄黄的油星,又香又热地浮在团子中间。

江南的黑芝麻汤圆是世上最好吃的汤圆,没有之一。

东风第一枝

黑芝麻汤圆吃完,江南的正月就大致结束了。

不过,如果这年的正月很早,早到大概1月中旬的样子,那么正月结束的时候,可能刚巧碰上立春,而立春,才是古人的新年。

古人定下一年之始的方式,既文艺又匪夷所思。

《吕氏春秋》里说,伶伦从嶰溪之谷寻得竹子,从中截取一段两端相通、三寸九分的管子,吹出"黄钟之宫",用相同的方式,依次定下黄钟、大吕、太簇、夹钟、姑洗、中吕、蕤宾、林钟、夷则、南吕、无射、应钟这十二音律,十二律管就是这么来的。

冬至前三日,古人会把取自芦苇根茎的薄膜(葭膜)烧成灰（葭灰），分别放在十二律管中，静置密室内，据说十二律管的葭灰会应着天时陆续飞出，当对应正月的太簇管的葭灰飞出，便是"孟春之月，律中太簇"——一年之始到了。

这种方法，在后人看来真是迷糊又迷幻，也没有人能详详细细地解释，故而，它已经失传很久了。如今南方一带，人们更重视的是除夕、正月初一和十五，对立春其实很淡漠，但是吃春卷的习惯却保留了下来。

江南一带的春卷，多用面皮或豆腐皮卷了荤素杂菜，像个铺盖卷样，推入油锅里煎炸得两面金黄。也有不煎的，把面粉摊成面饼，卷了荤素杂菜食之，又叫薄饼——这样的吃法，最见豪爽。

清人袁枚的《随园食单》里记载说，有那种很小的面饼，裹的馅也精致，炒肉丝甚至纤细如发丝，真是脍不厌细哪。

> 秦人制小锡罐，装饼三十张。每客一罐。饼小如柑。罐有盖，可以贮暖。（馅）用炒肉丝，其细如发。葱亦如之。

这样的吃，又称咬春、嚼春或者尝春——重点都在一个"春"字上。

五代欧阳炯写过一首小词《清平乐》，不过46字，却有10个"春"字：

> 春来阶砌，春雨如丝细。春地满飘红杏蒂，春燕舞随风势。　春幡细缕春缯，春闺一点春灯。自是春心缭乱，非

千春梦无凭。

如许重重叠叠,总为春已来也。

梅花在这个时候,也就该有花骨朵了。

我第一次看梅花,是在太湖边的西山明月湾。

西山全岛皆种梅,曾是国内最大的植梅基地,据说二三十年以前,梅花盛时,整座西山岛就好像要被氤氲的香雪托起来一样,那是远胜过邓尉香雪海、杭州超山、无锡梅园的。

我去的那日,天色初放晴,阳光薄弱,一层青灰色的烟霭茫茫浮在远近屋舍上。

西山明月湾古村落,是古吴民居,从石公山沿太湖前行约二十分钟,破败的牌坊上字迹剥落,雕着三个字:明月湾。

牌坊前的石碑上说:明月湾早在春秋时期已形成村落,因地形如一钩明月,故称明月湾。又因"东横峻岭,每际大雨,滂沱山水下注",清乾隆三十四年(1769),村人集资,打算造一条新街。乾隆三十五年九月,"鸠匠石,集群工……上覆以砂石,比次整齐,平莹莫匹,而街道一新"。新街造好,民谚曰:"花墙头,百子格,前门后门砂条街,西洞庭山第一家。"

顺着牌坊往前,就是长1140米、由4560多块石板铺成的砂石街。走在街上,颇令行人困惑,它既不"比次整齐",也不"平莹莫匹",就和任何村庄的石板路一样崎岖不平。

村里人很平静地看着我在半新不旧的房子和死巷子里来

回打转,最后有一位矮胖的大娘热情地招呼我:"走,走,到我家去。"

她把我领进院子的时候,我发现我在这家门口打过好几个转了,她那位沉默清瘦的老伴,仍然站在门口,脚边放着四笼艳黄的橘子——一个这么沉默的人,大约就得配一个这么热情的伴儿吧。

他们的院子里,有几株石榴树,几株桃树,还有枇杷树和山茶花,而大门对面,赫然有一株零零落落开着花的梅树。

大爷说:这株梅花不好。

我不懂他的意思,也许是说这株梅花结不了子了?还是

罗浮旧影倚熏风

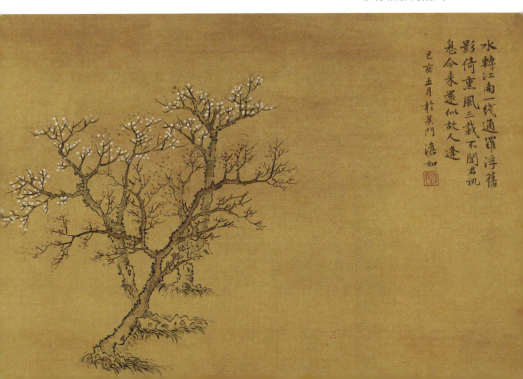

说它不好看？它植株欹斜，星星点点的花苞点缀在枝上，不注意看很容易就忽略过去了，连我走了几趟竟然都没有注意到头上有一株正在开花的梅树。

但这毕竟是我平生所见的第一株梅。所谓疏影横斜，所谓暗香浮动，所谓苔枝缀玉，在这会儿都化成了眼前这株不起眼的白梅——梅是极上相的，在取像框里的一团杂乱，远望时莫明其妙的枝干交错，在相机屏上都化成一团和柔，光影在后，饱满的花苞在前，暗红与雪白里，竟似隐隐孕着暗香。

后来长居苏州，梅花开的时候，我们总会去太湖边采上一篮子梅花，回来做暗香汤。

暗香汤的做法，明人高濂的《遵生八笺》、徐春甫的《医统》和清人顾仲的《养小录》里都有记载，其中就数高濂的暗香汤特别仔细：

> 梅花将开时，清旦摘取半开花头连蒂，置磁瓶内，每一两重，用炒盐一两洒之，不可用手漉坏，以厚纸数重密封置阴处，次年春夏取开，先置蜜少许于盏内，然后用花二三朵置于中，滚汤一泡，花头自开，如生可爱，充茶香甚。

这两年年年做暗香汤，只是时间久了，我也曾暗暗起疑：为何是汤，不索性是茶——高濂也说"充茶香甚"。说它不是茶。

去翻查源头，南宋末年陈元靓《事林广记》里已有暗香汤。《事林广记》别集卷七"诸品汤"列了十余种汤品：橘汤、暗香汤、天香汤、茉莉汤、柏叶汤、绿豆粉山药汤、姜汤、

白梅*

姜橘皮汤、杏汤等。

陈元靓说的汤,指的是宋代很流行的汤饮,和需要煎饮的茶不同。

汤饮曾在北宋风行一时,时人往往将其与茶合称为"茶汤","先茶后汤"乃是北宋特有的待客食俗。

风俗总是在变,到了南宋,待客先茶后汤的习俗已渐消失。茶和汤也没有太大的区别了,但暗香汤、姜汤这些名称却保留了下来。

如今我们说暗香汤,说成暗香茶也是一样的。

不过《事林广记》里没有记载汤的做法,稍后的贾铭,写

本书加*的图片均来自摄图网。

过一本《饮食须知》,卷四所载"暗香汤","取半开梅花,溶蜡封花口,投蜜罐中",与林洪《山家清供》所记"汤绽梅"近似;又有元代佚名的《居家必用事类全集》,其中"暗香汤"一条与高濂所记一模一样。

想来,高濂的暗香汤大约是从《居家必用事类全集》处得来?

采来做暗香汤的梅花有很苛刻的要求:要没经过雨,又没经过尘的,要开到五分的饱满新鲜的花头,连蒂摘下。

梅花现在又少。西山的茶农不大愿意把种枇杷、种碧螺春的地腾出来给梅花。所以在山里找成片的梅林总是要很费功夫。找到了,也要在梅林中兜兜转转寻觅很久,才采回一小篮半开的梅花,还不能放过夜,得马上赶回城里,架起炭炉,

新采的梅花

一层梅花一层盐,重纸密封

把雪花盐炒热了,一层梅花、一层盐地洒匀,然后,拿宣纸把罐子封紧,密密扎绳,放置阴凉处几个月,这暗香汤才算成。

要喝的时候,取梅花两朵,和少许蜜一起置于茶盏中,注入滚烫茶水,一会儿的工夫,梅花便会在茶汤中舒展自开,花片淡薄到透明,似有若无。

我们用不同的茶来配过,饮来大略如此:配普洱,前味醇和,后味略显苦涩。配老白茶,茶味过厚,明显压过梅花的清香。配滇红,茶的甘甜正好压住梅花盐的微咸,茶味柔和。

最爱的,还是以西洞庭山枇杷蜜点盏,碧螺春或霍山黄芽注汤,饮来真真鲜爽异常。

暗香汤开罐时,极香。但得等到六月份呢。

暗香汤

滚绣坊

明月湾的梅花尚零星,却已多有老妪在那棵硕大的古槐下挑荠菜了——用个"挑"字,多么生动,古人的挑菜节不是没有来由的。荠菜挑来炒肉,做荠菜馄饨,都好。荠菜又能明目,这大约也是吴人把它的花叫作眼亮花的缘故吧。

明月湾在城西南。

往东北方向走,便渐渐接近城区。走到离明月湾三十公里的地方有灵岩山,山有姑苏台。传两千五百年前,吴王在此筑城。

再往东南走,就近了老城区。

打从滚绣坊路过。

滚绣坊是老城区里的老巷子。它是宋代六十五古坊之一,名臣元绛的故居。巷口有"衮绣"牌坊,后来"衮"写作

荠菜开花以后就老了

"滚",讹传至今。民国以前,这巷子一直是显宦大族住着。6号原来是太平天国梁王府,41号原为吴氏义庄,清代尤侗的故居"亦园"也在巷子里。

衮绣,是古代三公的礼服。元绛退休时官做到太子少保,知州章佑为他在巷西口立衮绣坊。现在误作"滚绣",倒让人以为这巷子里以前全是刺绣人家。

但滚绣坊里,真有一家刺绣坊。那绣娘绣出的一幅工笔美人,实在是了不得的好看。她说大概绣了八个月。我跟着她学过一点粗浅的针法,绣竹叶和云纹,深觉不耐烦——古代女子,不论门第高低,性情粗慧,大抵都要学女红。这论起耐心来,今人比古人实在是差得远了。

刺绣坊现在改作了一家馄饨店。这会儿也关了门,只有一排窗隔子上映着周边的天光云影。

东入口还有一家小馄饨店,很有年头,一位老伯伯长年坐着,卖全苏州最好吃的小馄饨,生的。

我每次拐进滚绣坊总有种奇异的感觉,好像那里是通往霍格沃茨的九又四分之三站台,一脚从繁华踏入幽深。

它不长,也不绕,长年沉静,枝叶掩映。冬日这样,夏日也这样。只是孟春的时候,会添些花的艳色。初夏太湖白虾上来的时候,会有三三两两的人赶来巷子口的老面店吃三虾面。除此之外,几乎没有什么路人。路人都从它隔壁二三米的十全街热热闹闹地走过了,不知道这里隐着条安静的小巷子。

连植物都是安安静静的。腊梅落了一地,茶花还打着苞。梅花瑟瑟的,拆出一点小骨朵。

冷清的巷子,清冷的天气。

这样清冷的早春二月,是宜佩香囊的。

从前大户人家的千金,都会做香囊。滚绣坊这些个深宅大院里,从前走出过不少佩香囊的女子吧。

现在,香囊和那家刺绣坊里的绣品一样,早被遗忘许久了。

早前我看到过一只只花布做的"水桶腰",不大明白,为什么黛玉一年只缝得这么一只丑布袋,为何年轻的谢玄好佩紫罗香囊。

直到后来见了桃形、石榴形、鸡心形、腰子形、粽子形、葫芦形、丝线锦缎的、镂金镶玉的……才知,香囊原不止"水桶腰"一种。

不过早春佩香囊不只为着好看,它实际上是一味药。

中医里有"衣冠疗法"——把药物放在寻常穿着的衣帽、鞋袜、饰物里,让人体缓慢吸收,譬如早春容易感冒,做个药香囊挂在脖子上天突穴的位置,散发出来的药味甜甜的,既祛散了口鼻周围的不良空气,亦能防止空气里的病菌通过呼吸系统侵入,可以预防感冒和上呼吸道疾病。

有很多这样的药方。譬如早春散。

先称好苍术10克,甘松10克,菖蒲10克,桂皮5克,高良姜15克,雄黄5克,冰片0.5克,樟脑1克。全部打成粉末。

再加一点点朱砂。

这是苍术

这是冰片,只要一点点

这是樟脑,你小时候一定闻过

朱砂是密度非常高的，一点点就很重

搅拌好的药粉，准备做内药包

最后搅拌，把所有香粉混合在一起，用纸或者茶包包好，气味有点甜，带点微苦，很清新。

内药包做好了，还得做个好看的香囊。

这就找出香云纱和缎子来，裁裁剪剪，缝缝合合，六股丝线结成三股辫的绦子，如果手巧，当然也可以绣上几个字、几朵花草。缝好了，内药包放进去，绦子一抽，把口子稍微收收紧——即使走在这样冷清的巷子里，也不觉得太清冷了吧。

缟衣霜袂玉堂春

　　立春后,万物都萌了生意。
　　厨房有一根白萝卜,忘了几时买的,一直没有吃,从根尖变出翠嫩的叶子来,待见了光,便每日咻咻地长。
　　我觉得有趣,决心把它养起来。萝卜会开淡粉色的花,应该很好看。
　　原本秃了的绣球也从根部蹿出新芽来,新芽颇壮健,可望今年再开一捧大大的粉绣球。
　　萌了生意的自然不止它们。

　　道前街用白玉兰作行道树。
　　二月初,硕大馥郁的玉兰开了,衬着秦龙饺子庄的青砖黛瓦,颇有古韵。辛夷也相伴着开了,辛夷城区不多见,上方山

万物都萌了生意

范成大堂前有几枝,生得矮,堂堂又婷婷,饱满洁净,直欲从镂空花窗里破出去。

玉兰这个家族庞大。除了白玉兰、辛夷,还有紫玉兰、黄玉兰、二乔玉兰……白玉兰开时,辛夷正含苞,但若有急性子的辛夷和慢性子的玉兰混在一起,那也说不准……

早春时节区分望春、白玉兰、紫玉兰、黄玉兰、红玉兰、二乔玉兰、辛夷,经常弄疯一大拨人。我们简单粗暴一点:辛夷六瓣,玉兰九瓣,若闹不清楚,便掰手指头数。

缟衣霜袂玉堂春

印象里，道前街西段和十梓街东段的白玉兰是最盛的，大概有两三百米左右行道树全是玉兰。人民桥中间段有一株玉兰，长得极高，正好在桥上就可以近距离看玉兰的样子。上方山的范成大故居外也有一株，盛开时覆径约百步许，也很可观。双塔公园内有几株，很高大，花谢时从外面望去，纷落如霜雪覆地。但最让人流连的，大抵是网师园的玉兰。

如果你去网师园看玉兰，一定要记得，那么小的网师园，是有四株玉兰树的。一株很好找，在刚进去的天井里，又矮，花又多，很随和，你可以把花捧到面前来。

还有一株生在高高的绣楼前，花开的时候，人抬起头来，只看得到它的枝干往天穹伸出去，纵横的缀满粉色花苞的花枝，把整个天空都遮住了。我想，要寻一把高高的梯，登着上去才能近看到。又或者，以前住在绣楼里的姑娘，一推开窗就能和它说话了吧——花开的时候，真是灿烂极了呀！

还有两株，要很小心地找，才找得到。

"刻玉玲珑，吹兰芬馥"，这是清人朱廷钟写的《满庭芳·玉兰》，我觉得妙极了，是顶好的写玉兰的句子。

玉兰是可以吃的。

《无锡菜典》里记载着一种糯米玉兰饼的做法：清道光三十年（1850），适逢玉兰花开，无锡城中迎迓亭孙记糕团店将玉兰花瓣捡择洗净，切碎拌入馅心，用糯米粉做饼坯包起，放在油里煎成玉兰饼。

《群芳谱》里也写道："（玉兰）花瓣择洗净，拖面，麻油

手绘白玉兰

紫玉兰

煎食甚美。"

所以每见到硕大的玉兰花片落在地上,我就会想起这一出来:"捡回家炸玉兰片去……"

木兰科的花瓣大多肥厚敦实,落在地上,层层叠叠的,其实也不显得很脏。

回家洗干净,用蛋糊拖煎,煎好以后脆脆的,有一点点微苦,不能说不好吃,但,实在也不算太好吃。

硕大肥厚的花片都可以如是煎来吃。野史里记着慈禧春日采玉兰花,夏日采荷花,裹着面粉煎炸成别致点心——都是些闲人的小趣味,偶一为之罢了。若是家里种有玉兰,天天炸玉兰片,估计也吃不消吧。

"望春花又叫白玉兰,因为它洁白如玉、清香似兰。望春花又叫白玉兰,因为它洁白如玉、清香似兰……"

每次看到白玉兰,便记起《滚滚红尘》里沈韶华一遍又一遍地读这段——仿佛仰头便能看见那个在尘世里沉浮的女子。

二十世纪九十年代,编剧三毛和沈韶华的原型都还在世,后来三毛过世,这原型淡淡地道:哦,她死了么?——她们从无来往。

你可能猜到这原型是谁。她生前,《滚滚红尘》已在喧嚣上演;她过身后,生前深埋的《小团圆》《异乡记》也被挖出来出版卖钱。

可怜没有谁的一生能似白玉兰,洁白如玉,清香似兰。

又到杏花春雨天

梅花已经开了大半,湿淋淋地立在路边。茶梅正开,也被淋得不成样子……江南,又到了杏花春雨的时节。

苏州的杏花似乎不多。

拙政园有两株,曾经专门跑去看过,谁知那杏树有丈二高,望去花枝摇曳在云端,实在很难亲近。

后来在太湖边的书院栽过一株杏树,二月末三月初,俏生生地绽出几个花苞来,颇令我惊喜。《红楼梦》里有丫鬟名娇杏,唐诗里有"日边红杏倚云栽",这树虽然年龄尚幼,娇俏似是刻在骨子里的。

后来这棵树结了杏子。再后来我们离开了太湖边,不知年年,它还有没有开花。

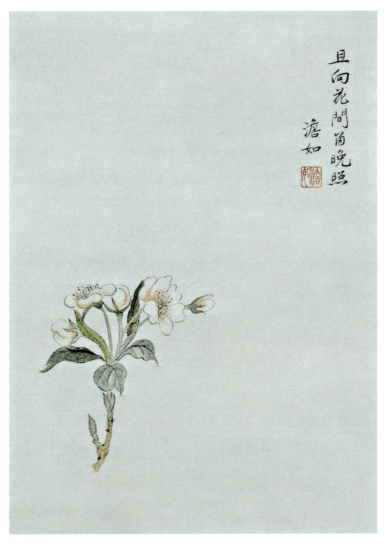

且向花间留晚照

又到杏花春雨天

杏花和梅花是很像很像的。虽说杏花比梅花要晚半个月，但杏花开的时候，梅花也在开，其实是分不大清的，唯一可以记住的区别，大概是看连着花朵和花枝的萼片，花萼贴紧了的，是梅花；花萼反折的，是杏花。

杏花开时，春气乍暖，罗衫新试，水色转碧，烟雨如丝。

> 画堂红袖倚清酣，华发不胜簪。几回晚直金銮殿，东风软、花里停骖。书诏许传宫烛，轻罗初试朝衫。　御沟冰泮水挼蓝，飞燕语呢喃。重重帘幕寒犹在，凭谁寄、银字泥缄。报道先生归也，杏花春雨江南。
>
> ——虞集《风入松·寄柯敬仲》

元至顺三年（1332），大概也在这时节，元人柯九思收到前同事寄来的一封信，信里有一首词。

柯九思那时候已束装南归，退居吴下。收到信后非常喜欢，把词写在罗帕上。

这个前同事，叫虞集。

虞集是元诗四大家之一，他的五世祖是虞允文，妻子赵氏是赵德芳之后，他寄赠的柯九思是画竹名手，不过大家记不住这些，只记住了他这漫不经心的"杏花春雨江南"——这一句真是妙绝千古！

江南杏花时的春雨，真是又温柔，又滋润。

有一年，我们从倾盖峰下来，坐在飞丝榭里看雨。

倾盖峰其实是一座无名的小山。飞丝榭是山下的饭庄。名

花萼反折的,是杏花*

字都是吃饭的时候取的。饭庄本来叫什么已经忘了,因为那天飞丝一样的雨,我们便管它叫飞丝榭。

这是个临水的小亭子,只能放下一张桌子,坐七八个人。亭外三面都是水。水上空空的,只看见雨脚密密地点在水面上。

山里下过雨后,特别静。

也会有特别多的野菜冒出来,比如肥壮的金花菜和地耳。

金花菜其实是苜蓿的一种,原本是马吃的,据说还是张骞出使西域的时候从大宛带回来的。

> 汉使采蒲陶、目宿种归。天子以天马多,又外国使来

众,益种蒲陶、目宿离宫馆旁,极望焉。

——《汉书·西域传》

  古人常吃。在寺庙里尤其是常见的素食,玄学大师称之为"牧宿",东坡善吃,这也是他的日常小蔬。现在上海人叫它"草头",我们有时候叫"草头",有时候叫"草子兰"。

  从前住在小龙山脚下的时候,金花菜会盛开在燕居园和演礼场交界的一块空地上,藤蔓相连,不知几许,崇古堂和大门前的空地上也有,崇古堂前的尤为肥嫩。我们常掐又壮又嫩的草心,掐一大篮回来,择拣半天,把梗掐去,只留嫩叶,入锅后缩水成一小捧,略加调味,颇为可口。本地人会将嫩苗腌作菜蔬,叫腌金花菜。

金花菜

还有地耳。地耳长在砂砾地里,《本草纲目》中叫"地踏菇"。一下雨,屋子前面那片不毛之地就能采到几大盆,做羹做菜都宜。只是它不能见阳光,太阳出来一会儿它就缩了,雨刚歇时颇肥厚,曝晒几日,踪影全无。

金花菜能吃到四月份,地耳不记得了,似乎只要下雨就有。

其实一年四季都有野菜,也有雨,只是初春的雨,格外让人觉得美。

——大概初春的雨里有打着油伞的女子。

如今不大有人打油伞了。

油伞分两种,油纸伞和油布伞。油布伞是用浸了桐油的棉布做的,厚且笨重,但是实用。油纸伞比油布伞要轻巧得多,是寻常的纸伞涂上桐油——不涂油也可以,就只能遮太阳,不能挡雨。

我还记得那种油布伞,笨重地张开,像张开了一枚皇天可鉴的印子,布面上厚厚涂了一层桐油,明艳得招摇,用久了便作斑驳色,灰颓剥落,从角落里拿起,又归还到角落里。这是江南家家都用的油布伞。

戴望舒遇见的丁香一样的女子,大概撑不得这样笨重的布伞。

从前的油伞坊,大抵也是做油纸伞的多。据说一把循古法制作的油伞,得要八十多道工序才能做成,且严苛烦琐,比如用大山里砍下的通木做伞托,比如用自纺的土纱作结,比如用青油柿榨漆,浸透桃花纸,一张一张黏贴在伞骨上……这样做出的伞,可以开合三千多次,即使天天下雨,一把伞也可以用个小十年。

油伞坊从前寻常可见,如今式微了。

油伞亦从"居家必备"沦为"工艺品",能买到的油伞大多花得一塌里花哨,不甚好看。好在还能买到白纸伞坯。白纸伞坯也是竹骨,白棉纸做的,只是没有上桐油,伞面也是素素的一片白——这样也好,可以由着性子随手画一朵简净的荷花,再刷上熟桐油,晾干,撑起,就好出去看杏花、采摘金花菜和地耳了。

毕竟还是油伞和这杏花春雨天最配呀。

由着性子画一朵荷花

韶华盛

　　三月暮,城南开了桃花。城北亦有。
　　一时间,有尘土处皆有灼灼的桃花照眼。
　　胡兰成说过,"桃花难画,因要画得它静"——这人样样不好,这句话倒是说得不错。真是匪夷所思的,桃花千枝万朵,春风一路,那么得意热闹,哪里说得上静呢?
　　可就偏偏,觉得这话对极了。
　　桃花属蔷薇科,原不止粉红这一种,有淡白、红紫、浅绿,也有重瓣、洒金。我喜欢单瓣的桃花多些,好像单眼皮的古典美人,又天真又明净。

　　旧时书院里栽过五六株桃花。因为听人说:桃花要临水的好,所以全部植在水岸边。界河边种两株,半塘边种两株,

单瓣的桃花好像单眼皮的古典美人*

眼看着它抽了叶,眼看着它打了苞,眼看着它结了果……那两年,常常走去看它几时开花,坡岸倾斜,印象最深的,就是难立足得很,倒忘记了它开得怎样,只记得河岸边原也有几株重瓣碧桃,野得很,无拘无束,开到烂漫。

也在树山见过一株极大的桃树,花叶焕然,简直似历过"三生三世"的丰盛灿烂。

旺山也有。旺山并不以桃花出名,然而此季临水农家旁多有桃树,虽然少,自有一种天然韵味——它们只是在那里懒懒地伸展着枝干,枝干上喧哗地迸着数不清的花朵和骨朵,"春色满园"这个俗气的词,就在那些花枝间不俗气地浮动起来——满是人间孜孜的生趣。

这种孜孜的生趣,想来也曾给半隐的唐寅不少安慰。

桃花坞里桃花庵，桃花庵里桃花仙。桃花仙人种桃树，又摘桃花换酒钱。酒醒只在花前坐，酒醉还来花下眠。半醉半醒日复日，花落花开年复年。但愿老死花酒间，不愿鞠躬车马前。车尘马足富者趣，酒盏花枝贫者缘。若将富贵比贫者，一在平地一在天。若将花酒比车马，他得驱驰我得闲。他人笑我忒疯癫，我笑他人看不穿。不见五陵豪杰墓，无花无酒锄做田。

——唐寅《桃花庵歌》

这首《桃花庵歌》很出名，后人知道桃花坞、桃花庵，多是因为唐寅。

但在唐寅之前，又有谁来往、居住过，却少有人在意。

桃花要临水的好

韶华盛

桃花坞在姑苏城西北,最早是农桑之地。宋人徐大焯在《烬余录》里,详细描述过桃花坞的所在:

> 入阊门河而东,循能仁寺、章家河而北,过石塘桥出齐门,古皆称桃花河。河西北,皆桃坞地,广袤所至,赅大云乡全境。

北宋熙宁年间(1068—1077),宣义梅贡[1]在这里造了"五亩园",又称梅园。绍圣年间(1094—1098),枢密章楶又在五亩园南造了"桃花坞别墅",后来扩建为章园。

章、梅两家既比邻而居,又是世交,为仿效曲水流觞故事,遂将两家的池塘打通,一头通梅园的双荷花池,一头通章园的千尺潭——据说也对外开放,春游时节,吴郡人都涌到此间来看花,热闹繁盛非常。

说枢密章楶你可能没有印象,但苏轼那首著名的《水龙吟》"似花还似非花",标题里写的"章质夫"就是章楶。苏轼也给梅贡写过《寄题梅宣义园亭》。梅贡的儿子子明,与苏轼、张耒、黄庭坚都有诗唱和往来。如此看来,桃花坞早在唐寅之前,已是一时风流之地。

宋末元初,徐大焯寄居时,梅园、章园因为兵乱都已废旧不堪。明弘治年间(1488—1505),被徐经作弊案连累的唐寅,放下解元的身份和荣耀,以卖画为生,又以卖画所得买下章园,更名为"桃花庵",于四周种桃树数亩,自号"桃花庵

---

[1] 造园者通称梅宣义,宣义应是官名,或是熙宁六年进士梅贡,待考。

主",从此"酒醒只在花前坐,酒醉还来花下眠"。

花落花开年复年。

如今的桃花坞,更出名的是版画。

唐寅说自己"又摘桃花换酒钱"不知是否真事,不过桃花可食可药,却是真有记载。

明人李时珍的《本草纲目》里说:三月初三采桃花,七月七以鸡血混合桃花,涂在脸上,可以美颜——这未免有些惊悚。《太清方》里只要求"三月三日采桃花,酒浸服之",可"除百病,好颜色",就比较让人放心。

民间也有许多桃花药方,譬如桃花粥可调解血瘀,桃花丸可调解面色黯黑,桃花茶可调解面色,桃花酒可美容悦色……

桃花酒我们往年做过,只是贪玩,用来喝的。

做法很简单(这个做法也通用于所有鲜花酒):桃花开得正好的时候采了放入酒坛,倒入上好白酒,酌量加冰糖(加冰糖是为了好喝一点),以酒浸没桃花为度,加盖密封,浸泡三十日之后启封。桃花瓣那时候会在酒里浸得很薄很薄,好似一只蝴蝶。

桃花粥也煮过。古方上说桃花置于砂锅中,用水浸泡30分钟,加入粳米,文火煨粥,粥成时加入红糖,拌匀,就好了——说此粥可以美颜。

桃花瓣在酒里浸得很薄很薄

我们做的桃花粥,没有这样复杂,也不为了美颜。几个人去桃花树下多多地摘了花瓣,回来直接撒在粥锅里,粥是大锅土灶柴火熬的,一大锅,雪白浓稠,花片浮沉,着实是一锅艳美呀!

许多方子上说采桃花最好是农历三月初三或清明节前,特别指明要采东南方向枝条上、花苞初放及开放不久的桃花。我不知道这个有没有特别的说法,但我知道如此甚难——桃花开落,岂能由人。

记得蒋坦的《秋灯琐忆》中说:

桃花为风雨所摧,零落池上,秋芙拾花瓣砌字,作《谒金门》词云:"春过半,花命也如春短。一夜落红吹渐满,风狂春不管。""春"字未成,而东风骤来,飘散满地。

秋芙为之怅然。

秋芙也是忒多愁。

桃夭梅老,欢事皆是苦短的,只须记得韶华胜极时,那样满树浮动的孜孜春意,这一春,便不算白过了。

梅花落

桃花开后,梅已老了,落了。

上方山梅圃里面,地上的是"拂了一身还满",水缸里薄薄漂着的是"别来春半",看着实在绮丽。

有关落梅,我记得的似乎只是这一阙:

> 别来春半,触目柔肠断。砌下落梅如雪乱,拂了一身还满。　雁来音信无凭,路遥归梦难成。离恨恰如春草,更行更远还生。
>
> ——李煜《清平乐》

其中的欲说还休,总不易与外人道也。

较之李煜,林洪便旷达得多,只是把梅花做成吃食,吃掉了事。

《山家清供》记载的梅花食,有梅花汤饼、蜜渍梅花、汤绽梅、梅粥四样之多。

比如梅花汤饼,是用浸过白梅和檀香末的水,和面做馄饨皮,做成梅花形状,煮熟后在鸡汤里一过,满口生香:

> 泉之紫帽山有高人,尝作此供。初浸白梅、檀香末水,和面作馄饨皮,每一叠用五出铁凿如梅花样者凿取之,候煮熟,乃过于鸡清汁内。每客止二百余花,可想一食亦不忘梅。后留玉堂元刚有和诗:"恍如孤山下,飞玉浮西湖。"

蜜渍梅花,是把梅子肉浸在梅花雪水里,再用蜜腌:

> 杨诚斋诗云:"瓮澄雪水酿春寒,蜜点梅花带露餐。句

梅花落

里略无烟火气,更教谁上少陵坛。"剥白梅肉少许,浸雪水,以梅花酿酝之,露一宿取出,蜜渍之,可荐酒。较之敲雪煎茶,风味不殊也。

梅粥,是先用雪水煮白粥,熟了再撒入梅花片:

> 扫落梅英,拣净洗之,用雪水同上白米煮粥,候熟,入英同煮。杨诚斋诗云:"才看腊后得春饶,愁见风前作雪飘。脱蕊收将熬粥吃,落英仍好当香烧。"

《山家清供》里没有记载暗香汤,但记载了一则"汤绽梅":初冬,把半开未开的梅花浸在蜜罐里,夏日用滚水烫泡——后来贾铭在《饮食须知》里称之为暗香汤:

> 十月后,用竹刀取欲开梅蕊,上下蘸以蜡,投蜜罐中。夏月,以热汤就盏泡之,花即绽,澄香可爱也。

梅花汤饼不知滋味如何,梅花粥、暗香汤大约是清雅多过香甜。要我说,论起好吃,大概还得数梅子。

梅花落后,不久便要结子。

但是生梅子酸,涩,不好入口,得借鉴古人的法子:把梅子做成白梅、乌梅。

白梅就是盐梅。

《齐民要术》里记载有做法:摘取刚

长出来的小梅子,晚上泡在盐汁里,白天曝晒,如此十天就成了:

> 作白梅法,梅子核初成时摘取,夜以盐汁渍之,昼则日曝,凡作十宿十浸十曝便成。

白梅是古早时很有名的调味品。《左传》里说,古人在烹制鱼肉时,会加入盐梅作为调料。那时调味品不多,最早的烹饪只需咸、酸二味,一颗盐梅,便又咸又酸,有了味道。

梅子再大些,半青半黄时,采来用烟熏,就是乌梅。

乌梅、白梅,在我心里还是比不得酿酒的青梅的。

青梅熟时,梅树若不高,站着就可以把成熟的梅子采下来,积了有一大箩筐了,清洗、晾干,找个酒坛子,放进冰糖和

青梅

泡过酒的梅子

酒,和梅子一起泡着,等过了半年一年打开,酸甜香醇。一坛青梅酒,也够喝个一阵儿了。

爱梅花的人里,我最记得的是金农。

金农是个富二代,家里有田有屋,常叨叨说"吾郡孤山下"的耻春亭旁他曾种梅花三十余树,后来侨居扬州,无梅可看时,便漫写横斜小幅,并感叹"未知亭中窥人明月,比旧如何,须于清梦去时问之"。

他的笔下,梅花画得撩人。

他的画梅题记,也是诗心独具:"雀查查,忽地吹香到我家,一枝照眼,是雪是梅花。"

金农的梅花师承,一路推将上去,就要上推到北宋的画僧释仲仁,他住在湖南衡州华光寺,人称华光长老。

画史称"墨梅自华光始"。据说他在月夜看见院子里的梅树疏影横窗,觉得疏淡可爱,便用墨笔摹其状,始创墨梅一派。后来南宋杨无咎学释仲仁,元人王冕又学杨无咎,辗转到清,罗聘、汪士慎、金农,又无不受王冕的影响……到我们这时也还是脱不开的。

黄庭坚曾对着释仲仁的墨梅赞叹说:看到这枝梅花,仿佛便是在嫩寒清晓间,置身于孤山篱落边,只是没有闻到香气而已。

如此,梅花落不落,仿佛也没有什么关系了。

金农的梅花画得撩人

梅花落 49

陌上花

天气暖了。

平淡无奇的大地骤然热闹起来,仿佛是一夜之间,许多有名或无名的花草呼朋唤友地,占满了整个土地。

在书院,最先引起注意的当然是油菜花。谁也不晓得哪里来这么一大片一大片的油菜花,挤挤挨挨,熙熙攘攘,简直就像柳三变的词一样,不管有人无人,凡是目力所及之处,便有一丛金黄散漫自得地摇曳着。三月底四月初,持续蹿高的油菜花会陆续结荚果。如果无人收拾,在落下荚果的地方,明年,还会长出更多的油菜花来。

同样铺天铺地的还有蒲公英。

在儿时的印象中,蒲公英就是一朵茫茫的小伞,一口气吹出去,噗……散落无迹。二月过后,野地里曾生生不息地冒出小黄花来,根茎很软,我曾试着将它和苔藓合作成小小盆景,这一朵小黄花总是立不住。后来,这些小黄花生长的地方有了很多小白伞,这才知道,白伞是黄花的后续。

蒲公英开的时候,邻人常说要过来采嫩茎煮水喝,说可以治病。朋友们带孩子来了,也爱采撷吹着玩,尤其是在耕读园里,蒲公英长得比哪儿都多,都密,都大,大得像一只蓬松松的球,只是随时会飞散。

《本草新编》说,蒲公英至贱而有大功,惜世人不知用之。是的,它可被采撷来炒食、做汤,晒干了泡着喝,可治胃病。

在江南,它原有个别致的名字,唤作华花郎。还有个老气横秋的名字,唤作婆婆丁。

春天里的油菜花*

野蛮生长的蒲公英*

满地乱开的野花野草还有更多。

比如二月兰。平野、草坡、山路间,一漫千里,不可收拾地开成纵横捭阖的气势。

比如黄花酢浆草。和金花菜一样开黄花,一样有三片叶子,初时常常混淆,但酢浆草是心形叶,叶片有心形裂口,金花菜叶片无裂缺,像一把小小的芭蕉扇。

比如紫花酢浆草。又名紫蝴蝶,几乎全年都会开粉紫带浅白色的伞形小花。和黄花酢浆草一样,如遇阴雨天,粉紫带浅白色的小花只含花苞但不会开放。它还会睡觉,到了晚上叶片会自动聚合收拢后下垂,直到第二天早上再舒展张开。

比如蛇莓。它长在崇古堂阴湿的墙角。蛇莓开的小黄花,在粗心的人看来,和金花菜、黄花酢浆草好像也差不多,但是它的叶子是有缺裂的,并且结红色空心的小果子。

比如芫荽。芫荽的花极其精致,像是工笔画出来的。它别名胡荽、香菜、香荽,形状似芹,叶小且嫩,茎纤细,味郁香,是做凉拌菜的佐料。

比如婆婆纳。早上起来在野地里走上一圈,会发现像星星一样散布着浅蓝色的小小花朵,非常小,不足一个小指甲盖那么大,甚至能被一颗露珠完整地包住——如果愿意细看,这一朵不足指甲盖大的四裂花形上,有着精致的纹路。

比如繁缕。也是非常非常细小的花,正月生苗,叶大如指头,细茎引蔓,断之中空,却绵绵如丝,作蔬青脆。三月以后渐老,开细细的白花,结小如稗粒的果实。

比如泽漆。泽漆的样子像伞——和蒲公英不同,蒲公英是球形伞,这个是平撑开的伞,还是双层的,用手折断它的茎会流出白色的奶状液体(千万不要吃,有毒),大概因此它的别名叫奶奶草。斗百草的时候,奶奶草(泽漆)正堪对婆婆丁(蒲公英),但它不像蒲公英那样家常且平和。

这样的百草千花,常常塞爆了我们的包包和袋袋,也让人想起那句顶有名的句子:"陌上花开,可缓缓归矣。"

宋神宗熙宁七年(1074),苏轼三十九岁,时任杭州通判。《陌上花》三首,就是在这一年写的。

> 陌上花开蝴蝶飞,江山犹是昔人非。遗民几度垂垂老,游女长歌缓缓归。

二月兰

| 芫荽 | 紫花酢浆草 |
| 婆婆纳 | 泽漆 |

> 陌上山花无数开,路人争看翠骈来。若为留得堂堂去,且更从教缓缓回。
>
> 生前富贵草头露,身后风流陌上花。已作迟迟君去鲁,犹教缓缓妾还家。

苏轼自己在序里说:游九仙山的时候,听到里中小儿唱《陌上花》曲,曲调哀婉,动人极了,可惜歌词写得不好,我就改了改,改成这样。

> 游九仙山,闻里中儿歌《陌上花》,父老云,吴越王妃每岁春必归临安,王以书遗妃曰:"陌上花开,可缓缓归矣。"吴人用其语为歌,含思宛转,听之凄然。而其词鄙野,为易之云。

关于陌上花开,其实却又是一段模糊的旧事。

苏轼词中只有"吴越王"三字。

纪昀批点《陌上花》三首时说:吴越王是吴越国的忠懿王钱俶。

王士禛却说:吴越王是吴越国的武肃王钱镠,这是他写给妻子戴妃的。戴妃年年春天都要回老家朗碧村住一段时间,钱镠有时思念她,就会寄信去说,花都开了,可以慢慢往回走了。

这样的旧事真是旖旎。

王士禛在他的《香祖笔记》中评论说:武肃王是个粗人,但他这一句"陌上花开,可缓缓归矣"妙绝千古,压倒无数诗人。

钱武肃王目不知书,然其寄夫人诗云"陌上花开,可缓缓归矣",不过数言,而姿致无限,虽复文人操笔,无以过之。

苏轼写下这词的时候,吴越国已寂灭近百年。
但吴越国的百草千花,仍随着节令循序而来。

古人挑菜踏青,大抵便是从这时候开始的。
挑菜是宋代风俗,农历二三月,野菜野花茂盛生发,年轻的妇女们多结伴到郊外去采挖,故称为挑菜。
周密的《武林旧事》里说:二月初二,宫中会置办挑菜宴,预备生菜、荠花等,供宫人用金篦挑取:

> 二日,宫中排办挑菜御宴。先是,内苑预备朱绿花斛,下以罗帛作小卷,书品目于上,系以红丝,上植生菜、荠花诸品。俟宴酬乐作,自中殿以次,各以金篦挑之。

周密岂知道,如今,人们对于"挑菜"这个词已经不明其义了,那些可以挑的野菜,大概也只有在菜单上才认得出它们。

但那些野菜野花们哪里管呢,只是一径热热闹闹地挤着挨着,叫喊着"采我采我"……

似此花朝

挑菜节后,便是花朝节。

花朝节是一个久被时人遗忘的古节。

> 花朝月夕,世俗恒言,二、八两月为春秋之中,故以二月半为花朝,八月半为月夕。
> ——(明)田汝成《西湖游览志余》卷二十"熙朝乐事"

田汝成说花朝节是二月十五,其实花朝的日期并不十分固定。晋人周处的《风土记》里就说:"浙间风俗言春序正中,百花竞放,乃游赏之时,花朝月夕,世所常言。"春序正中,就是农历二月十五。唐人也以二月十五为花朝,但宋人就把花朝节提前到了二月十二或二月初二,一直到清代,还是此地初二,彼地十五,相差总有几日。

大抵，南北气候有别，花开得有早晚，北方遂以二月十五为花朝，而南方则以二月十二为花朝。

江南的农历二月十二，大概就是阳历三月暮四月初的样子。

这段时间春寒料峭，时或风一阵雨一阵，并不宜常常出门。无奈却是最好的开花季，大小花树都争在这短短的一季乱开。

柳条儿嫩绿。

紫荆密密的花朵沿着枝干爬满全树。

木绣球一团粉白中带着浅绿，天然有种清艳的姿态。

藤本还早，可它们也开始稳扎稳打地在地盘上布叶片了。

山茶还在开着。

留园入口的古木交柯处，有一株古山茶，艳红的花瓣，倚

白茶花

在苍苍的一片绿里，好似宋人的工笔。山茶和茶梅很像，区别只要看地上：若是片片零落是茶梅，若是整朵堕下则是山茶。

官太尉河两岸，迎春已经开了几丛。迎春是不起眼的花，早春时丛生水岸边，枝叶披离，"临水照花"一语，宛然便是写照。只是迎春与连翘极像。迎春的花枝下垂，连翘上挺，但有时也不明显。勉强来认，官太尉河两岸多是迎春，葑门沿莫邪路一角多是连翘。

柳花很小很小，几乎不算花。可是我还是愿意大家去看看这传说里"金垂袅袅黄"的极微之花。而"春色三分，二分尘土，一分流水"的飘扬之物，实际上是柳树的种子。姑苏水流两岸，多栽杨柳，老城区的干将路段、望星桥南堍也都有杨柳……数不尽数，几乎全城都是有的。

然后——上方山的早樱，是一定要去看的。

早樱的花期极短，大概在七天左右，只是开的日期不定，前年是四月初，去年是三月底，一错眼便错过。

如果，一年只能看一种花，那么就去看大片的早樱吧——曾经雪如花，今来花似雪，上方山的樱花，开得恣意，落得豪放，那是天地壮阔、遮天盖地的震撼。

早樱和晚樱，虽然只差了一字，可是在我心里，早樱是卓然出众，晚樱却是泯然众人矣。当然，晚樱也是可以看看的，尤其在朱门深院前，无人处落了一地绯红，也十分动人。

还有海棠。民国有个作家说，从前的美人，是"秋天薄

柳花尚未着絮

晚樱

海棠*

暮,吐半口血,两个侍儿扶着,恹恹地到阶前去看秋海棠"。这春海棠不是秋海棠,却也是袅袅婷婷,不胜低徊的娇弱样。上方山原有一片海棠林,虎丘湿地公园也有一大片树,枝头着了几朵红苞,想来种的也是海棠。老城区内,叶家弄路边有一些海棠,开时倒挂垂下,总好像是要睡去的样子。

开到海棠,已是一半春休。
我的鲜花清露,也就存了不少。
早时对清露的执念,大概源于《红楼梦》里这一段:

> 只见两个玻璃小瓶,却有三寸大小,上面螺丝银盖,鹅黄笺上写着"木犀清露",那一个写着"玫瑰清露"。

新鲜采摘的蔷薇

清露就是花露，大概是爱玩的宋人从大食国蔷薇水得来的灵感，没有大食玫瑰，就蒸茉莉、素馨，后来又蒸桂花、梅花……以北宋为背景的《天龙八部》里，阿朱已经很会调香露了。

"糟啦，糟啦！他们打翻了我的茉莉花露、玫瑰花露，啊哟不好，我的寒梅花露也给他们糟蹋了……"

我猜，阿朱是立志要存百花清露的。

说起来做清露也简单的。

古书里有一条"取百花香水"之法，写得很详细：采鲜花花瓣，浸水装满一锅，上面用盆盖好，用大火蒸，蒸时热气上升，凝结成水，预先在盆边放剖成一半的竹筒，把这些蒸出来的水接住，存起来，就成了清露——清露就是带着花香的蒸馏水，无色，透明，纯净。

> 采百花头，满甑装之，上以盆合盖，周回络以竹筒半破，就取蒸下倒流香水，贮用，谓之花香。此乃广南真法，极妙。
>
> ——佚名《墨娥小录》卷十二

今人用简便的蒸馏器就可以自制各种清露。

只要耐心地等花开，再耐心地封存大半年。

之后，这些看起来一样透明纯净的清露便有了各自的性子，荷花清淡，腊梅幽沉，玫瑰香甜，桂花馥郁，桃花温婉，白兰花有种冷艳的气息……再和上老山檀或者沉香，做一枝自己喜欢的线香，以后的安静长夜，点上一枝，看烟云徐徐，便可以重温这曾经热闹繁华的花朝了。

清露就是带着花香的蒸馏水

线香·清露

雨打梨花深闭门

在这百草千花的间歇,说说梨花吧。

都是雪白的花,梨花和樱花、李花着实相像。

辨别梨花和樱花,最简单的方法就是,樱花花瓣上有个小缺口(即花裂),梨花是没有的。而辨别梨花和李花就更简单了:都是成簇的花,梨花大,李花小;李花的花蕊是淡黄色的,梨花带点淡淡的绿。

因为这一点点绿,让梨花的美,清素得不近人间烟火。

梨花是丘处机一生独爱的花。

春游浩荡,是年年、寒食梨花时节。白锦无纹香烂漫,

梨花带点淡淡的绿*

樱花花瓣上有个小缺口

> 玉树琼苞堆雪。静夜沉沉,浮光霭霭,冷浸溶溶月。人间天上,烂银霞照通彻。　　浑似姑射真人,天姿灵秀,意气舒高洁。万化参差、谁信道、不与群芳同列。浩气清英,仙材卓荦,下土难分别。瑶台归去,洞天方看清绝。
>
> ——丘处机《无俗念·灵虚宫梨花词》

我们都记得,金庸把丘处机的梨花词给了哪个女子。

曾有好事者问丘长春:"神仙惜气养真,何故读书史作诗词?"

丘处机答:"天上无不识字神仙。"

词妙,答得亦妙。

晚于丘处机九十年,宋末遗民钱选,亦爱梨花,他有一卷《八花图》,谁都说不准是哪八种花,但其中一枝,苍冷中的

李花的花蕊是淡黄色的*

皎洁如玉,却一望便知是梨花。他还有两幅折枝梨花,秀雅生动,如东篱冷雪,直来眼前。

画梨花是有方法的,先用笔蘸铅白,浓浓地重蘸,点出五瓣为一朵。花瓣画完,在花心点一点汁绿,便能衬其皎洁。

这样皎洁清素的花,是可以吃的。

《笑傲江湖》的祖千秋提到过一种梨花酒:

> 饮这坛梨花酒呢?那该当用翡翠杯。白乐天杭州春望诗云:"红袖织绫夸柿蒂,青旗沽酒趁梨花。"你想,杭州酒家卖这梨花酒,……映着酒家所悬滴翠也似的青旗,这嫣红翠绿的颜色,映得那梨花酒分外精神。

雨打梨花深闭门

元 钱选 八花图·梨花

白居易自己对"青旗沽酒趁梨花"注释说,杭州有一种酒,在梨花开时熟,号为梨花春。

不知梨花春如何酿制——若是照我们泡桃花酒的方法,新鲜梨花择净清洗,阴干,白酒盖过花瓣,适量加上白糖,也可以算是梨花酒。鲜花酒大抵都可以这样泡。

也有梨花粥、梨花饺子或凉拌梨花。

梨花粥的做法和桃花粥、梅花粥一样,也是做了粥撒些花片,取花气的清香。

梨花饺子呢,稍为复杂些,要那种含苞欲放的新鲜花骨朵,采下后用水焯一下,然后用冷水泡一天。每两个小时换一次水,去除苦味。泡好了,和瘦肉葱姜一起切碎做馅。这样的馅,有一种清素的美。汪曾祺先生倘若在世,我想他多半要试一试这法子,并且说:这个格颇高。

最奇怪的是有一种梨花杯。

宋人胡仔《苕溪渔隐丛话后集》里"回仙"一条说:喝酒的酒杯里,最小的就数梨花、蕉叶杯了。

> 饮器中,惟钟鼎为大,屈卮、螺杯次之,而梨花、蕉叶最小。

古人用来盛酒的器具,是真真让人脑洞大开的——汉代酒器有"鸱夷"、有"滑稽",甚至还有大虾头壳。"鸱夷"腹大如壶。"滑稽"是一种流酒器,酒盛在里面会自动流动。唐人酒器多是木制的,李白有"舒杓",皮日休有瘿木杯,杜甫用竹根。据说宋人雅致,以"蕉叶杯""梨花杯"劝酒——想不出来雅致的梨花杯是怎生模样。

苏州的梨花,要到树山去看。

树山村是我所见过最美的山村,宁静,不肮脏。因为在搞旅游,它的附近也有阳山温泉,以及度假村,环着山也有一些便于外面游人进出的设施。

然而它还是一块璞玉。没有被过度开发的俗气,悠然怀抱着它的天真与美丽。

若在午后一两点钟,薄阴暖霭,树山路几乎一个人也没有,家家户户半闭着门,院子后面即是山,不知名的花和叶子红绿相映,有条山泉被引到每户人家门口,拾级而下,歪斜的石磴半浸在水里。沿山有一条木栈道缓缓环绕,夜里被风吹落的花叶和果子会坠在木板缝里——茶叶,杨梅,翠冠梨,是这个世外桃源的有名物产,不过梨花开时,这些都还早呢。

其实只要是栽梨的地方,就有梨花,所以西山、东山的人家院子里,都有。只是树山的翠冠梨出名,所以树山的梨花也最多。但大片的梨树,是用来结果子的,梨花只是矮矮地藏在叶子间,并不起眼,远不如农家院子里零星几棵来得好看,若是黄昏,院子门一关,便让人想起"雨打梨花深闭门"的句子来。

——不过农人并不觉得梨花有什么好看。

梨花开时,已近清明。

"雨打梨花深闭门"也好,"惆怅东篱一枝雪"也罢,大抵,都和这节令里的小小心思有关吧。

棣棠花开时

棣棠又唤作清明花。因为近清明了。

我以前不知道沿官太尉河两岸,这些临水拂枝的灌木丛里生有棣棠。

等到知道了,却又发现,棠棣和棣棠,实在是不容易掰扯清楚的。

我以为这种黄色的棣棠就是《诗经》里说的"棠棣(也作唐棣)之华,偏其反而。岂不尔思,室是远而",可是据说,棠棣之华是白色或者粉色的细碎小花,也许是木本的郁李,也许是旁的。

棠棣、棣棠,棣棠、棠棣……真是傻傻分不清。

非惟我蠢,古人亦然。

李商隐写《寄罗劭舆》的时候估计就没搞明白:

> 棠棣黄花发，忘忧碧叶齐。
>
> 人闲微病酒，燕重远衔泥。
>
> 混沌何由凿，青冥未有梯。
>
> 高阳旧徒侣，时复一相携。

冯浩就在下面笺注：棠棣没有黄色的，义山想来是把棠棣和棣棠弄错了？

唐人弄不清楚，到了北宋，沈括的《梦溪笔谈》里似乎清楚了一些：

> 常棣字或作棠棣，亦误耳。今小木中却有棣棠，叶似棣，黄花绿茎而无实，人家亭槛中多种之。

清汪灏等人奉旨编定的《广群芳谱》中，在"棣棠"条下特意说明：

> 郁李名常棣，与此迥别，原谱（按：指明代王象晋《群芳谱》）误合为一，今正之。

清陈淏的《花镜》里也明确说明棣棠的形态：

> 棣棠花，藤本丛生，叶如荼䕷，多尖而小，边如锯齿。三月开花，金黄色，圆若小球，一叶一蕊，但繁而不香。

棣棠、棠棣、常棣、唐棣……你凌乱了么？反正，花黄色者为棣棠，其他的是棠棣。

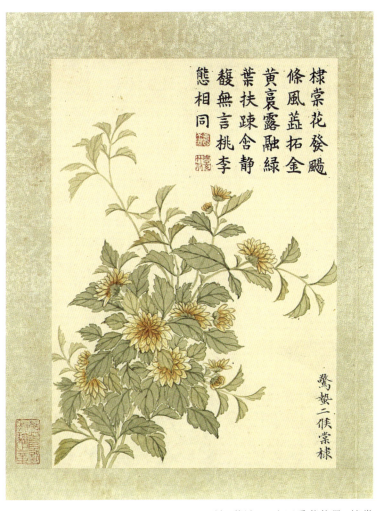

清 董诰 二十四番花信风·棣棠

棣棠花开时　73

棣棠花这个颜色,日文里叫山吹色,就是鲜艳的浓黄色。在草木染的时代,是可以用栀子果染出来的。

日本著名的散文集《枕草子》里有一段,讲清少纳言收到定子中宫的信:

> (清少纳言)打开来看的时候,只见纸上什么字也没有写,但有棣棠花的花瓣,只是一片包在里边。在纸上写道:"不言说,但相思。"

这段话的意思蕴藉而复杂。

日文把栀子叫作"无口",因为栀子果成熟了也不裂开,也就是"不言说"。

栀子果是天然染料,可以染出棣棠那种浓黄色来,所以这片棣棠花瓣,就代表着像栀子果那样满腹无语的思念。

栀子果成熟了也不裂开

这真是有趣得很。以后染好的衣衫，鲜黄的就唤作棣棠色，淡紫的就唤作木槿色好了。

官太尉河两岸的灌木丛里不止有棣棠。

我从前印象最深的，其实是迎春花。

我常记得，四月近清明的时候，盛家带、叶家弄、望星河北塂、望星河南塂四条巷子簇拥着一条官太尉河，夹岸全是迎春花黄色的花枝，那些花枝柔韧纤长，深碧里嵌着星星点点的黄，有的伏倒在桥墩上，有的像瀑布般垂挂到水步边，有的好似偏要遗世独立般，孤伶伶地摇曳一侧，总之，一时间挤挤挨挨，喧哗吵闹，好看极了。

现在知道了，这些黄里不只有迎春，还有棣棠，还有金钟。

它们全混生在一处。

自然，官太尉河两岸不是只有棣棠、金钟和迎春的，旁的花也在匆忙地开落。

官太尉河，是姑苏城内三横四直之一。

对地名非常着迷。一俟知道这不起眼的、经常要走过的、布满小门小户的千把米长的河道，有宋桥、明桥、清桥、民国的桥，东南头连着彭家状元居，西北头连着定慧寺贡院，中间的叶家弄应和着叶梦得旧居，从前的士子们就在望星桥收拾书箱登岸，赶赴科考——就觉着，人事虽改，风流犹在。

望星桥为界，北边两岸是叶家弄和望星桥北塂。南边两岸是盛家带和望星桥南塂。

从望星桥往叶家弄走,会遇到一棵白丁香树。它生在海棠和桃树、紫荆中间,不开花的时候很不起眼。

但它现在开了花,满树都是清冷芬馥啊!

"背条风,不领春恩。"依依写过不少丁香的句子,北方大抵常见。

在苏州很少能遇到丁香。故而,我对它几乎是痴迷的。

继续往前走,会遇到很多的桥。那些桥都大有来历,最早的是宋桥。

白丁香

但它们现在是看不出年龄的。

再往前走,便要拐进定慧寺巷了。

定慧寺巷34号的定慧寺,是座安静的小巷。苏轼与主持僧守钦友善,往来苏州必寄寓寺中。

寺中有两株两百多年的银杏,深秋时去看,非常好看。

若不拐进定慧寺巷,径直往平江路走,就会路过双塔影园。双塔影园是清诗人袁学澜的故居。

袁学澜自己说:范石湖、柯九思、惠周惕都曾住在左近,可见他于自己的影园是很得意的。

> 壬子岁秋,余营别宅于吴门太尉桥冷香溪……庭有花木,玉兰、山茶、海棠、金雀之属,丛出于假山磊石间,具有生意。井洌寒泉,可供灌溉……考郡志,范石湖旧居,柯九思宅,惠周惕红豆书庄,皆与余园相近,则此地固昔贤卜宅之所。余得居之,有深幸焉。
>
> ——袁学澜《适园丛稿》

这是沿叶家弄的一路。

若是反向,沿着盛家带和望星桥南堍一路走去,也颇有味。

叶家弄是叶梦得住过的地方。

盛家带呢?据说是有名医世家盛姓居此,且巷形斜弯,如衣带飘拂,故名。卢熊《苏州府志》有"望门桥,盛家带"之语,可见明初已有盛家带了。

南堍逼仄,不能通车,是比盛家带更窄的一条。那些棣棠花就生在南堍往东吴大学旧址的路上。一直走到南堍和百步

望星桥—叶家弄

街连接的地方,有一棵大桐树,每年开花季节,满树都是淡紫色的花,看起来尤为巍然。

近清明了,清明三候说一候桐始华,那么就快要看到桐花开了吧。

这是野菜顶好吃的时节。

挑菜节虽然已经过去一个月,荠菜、金花菜也已经过时,但是还有其他野菜在前赴后继地生长,而且种类更多。

"采薇采薇,薇亦柔止",《诗经》里这著名的薇,就是野豌豆,自四月份开始,便匍匐丛生于书院内任何有土有草的角落。现在是四月了,野豌豆也结了荚果,还嫩,里面小小几粒籽,可食。云南叫马豆草,重庆叫野麻豌,还有别名救荒野豌豆、大巢菜、野绿豆、野菜豆。它是古老的植物，不止见于《诗经》，伯夷、叔齐采来取食的，也是它。花开紫红，近观，亦艳美。

还有马兰。三月下旬的时候，我们在耕读园的两棵树底下发现了一圈马兰头，从那时候开始，偶尔厨房里缺少绿色蔬菜了，我们便会去地里捋上一把，鲜嫩清美，有少少的涩口，吃到嘴里满是季节的快活。

马兰又唤作马莱、马郎头、红梗菜、鸡儿菜，湖北、四川、贵州、广西一带叫它鱼鳅串、泥鳅串、泥鳅菜，云南称蓑衣莲，江浙一带通称马兰头。马兰的花期在五月，会开淡紫色的小花，开了花，马兰就老了，不能吃了。这时节，马兰头特殊的香味最为吸引人，寻常做法，切细凉拌就很入味。

还有香椿。古人称香椿为椿，称臭椿为樗。掐一把香椿嫩叶炒蛋，是此时餐桌上最得宠的菜之一，它是时令名品，过了春天就很难吃到。

春笋。虽说笋现在也常能吃到，而春笋让人这么记挂，还是因为这是一年里它最鲜美的时候——做汤的时候放两片，炒腊肉的时候放两片，不须加别的，便能鲜得不要不要的。

水芹。林洪在《山家清供》里提过的"碧涧羹"所用即水芹，开白色小花，形似芹菜。水芹的食用季很短，只能在农历二月、三月采之，入馔，滋味既清且馨。

地衣。书院里有一片砂砾地，一直以为它没用。后来一下了雨，那里就长出地衣来，密密的、挤挤的，尤其是春暮，又肥又大，肆意生长。地衣另有个诗意的名字，叫"葛仙米"，炒蛋吃可以，做汤喝也鲜美。

我最爱的要算是野葱了。四五月是野葱最肥美的时候，香气远胜于菜市场里卖的小葱，用来炒蛋、炒肉、做饼，真是令人念念不忘。到了七八月份，它就在顶端开一枝小小的花，浅紫色，也很美。其实，它的样子应该叫野蒜吧，只是乡人习惯呼之为葱，也就一直这样叫它了。

要特别说说清明草。

这时候的田头，生长一种清明才有的鼠曲草。

鼠曲草，原名鼠麴草，别名很多：清明草、菠菠草、佛耳草、软雀草、软芡、蒿菜、面蒿、清明菜、水萩、无心、无心草、田艾、蓬草、绵丝青、糯米青，都是它。

江浙一带，清明这日到田头去采来清明草，择净、切细，和水加麦粉（幼时我记得叫晚米粉）揉成浅绿色的粿子，上笼蒸熟以后，会变成深绿色，我们叫它麦果、清明果。

儿时的清明果，不是时下清明节流行的、碧绿生青的糯米团子。

我还记得做清明果的法子：

先备好清明草。清明草要择净，我是把叶子一片片撕下来的。一大箩择净后只剩下一小箩。择净的清明草叶子用榨汁机打碎，混合着麦粉和凉水在一起揉，揉透。外皮揉好了以后，把馅包进去——我用的是猪油黑芝麻，因为我小时候吃的是这个。

择净的清明草

春天的滋味

可以做各种形状的清明果,扁而不塌的圆饼,滴溜圆的团子,捏了耳朵的饺子,也有的外面滚上一层珍珠米,白的,绿的,半白半绿的。

清明果做好,水烧开,上笼蒸十五分钟就可以了。

这样的清明果,皮不像糯米粉那样是软滑的,一口咬下去,又韧又软,清明草的纤维便在嘴里丝丝缕缕地牵连着,筋道里带着清香,满口是春天的滋味。

记得一句话,印象极深:"这一口青团,就是为了在沉闷的日子里笑出声来呀!"

紫藤花下坐

花事到了四月,实在让人欢欣鼓舞。

九瓣的玉兰换了六瓣木兰,仿佛似古绝,那样干净地独处一隅。

夭桃娇杏是小令,摇曳而来,腾踏而去。

樱花是古风,纵横捭阖,势压群雄。

柳花飞成了雪,似漫不经心的散言,这里歇一歇,那里泊一泊。

桐花是长调,看到桐花成串,永远记着是"坼桐花烂漫"这句。

牡丹是热烈慵懒的,木香是慢条斯理的,木绣球却又另有一种文艺范的清冷态度。

最不能错过的自然是文藤。

多少人在这一季从四面赶来,排很长的队从苏博进入忠王府,就为了瞧瞧他们的男神在近五百年前种下的那株紫藤。

它和世间一切紫藤都不同,它是文徵明的紫藤,它唤作文藤。

紫藤的盛时其实很短。

四月初开始抽枝长叶,接着从零星的花苞到璎珞累累,之后飘落,坠地,紫色愈来愈少,最后绿叶成荫,到四月下旬花期结束。

多少人赶来看它一眼,只为了在心里默默地和男神打个招呼——那是嘉靖十一年(1532)的三月六日,文徵明过王献臣拙政园,为其临苏轼《和文与可洋川园池诗》,又手植紫藤一株。

柳花飞成了雪

自此每到春四月,这株紫藤便璎珞拂扬,年复一年,直度过近五百岁。

关于文徵明和拙政园,那是一个长长、长长的故事。

拙政园最初是唐代诗人陆龟蒙的住宅,元朝时为大弘(宏)寺。

明正德四年(1509),王献臣官场失意,决意归隐苏州,便以寺址拓建为园,取名为"拙政园",经历十六年时间,方才建成。

文徵明与王献臣交情颇好,据说他很爱拙政园,所以亲自参与建园,并两次将拙政园中的景致绘成三十一幅和十二幅的图册留存。

拙政园后来如何了呢?

园子建好不久,王献臣便去世。其子一夜豪赌,将园子输给阊门外下塘徐氏。

徐氏住这园子大概百来年,子孙也衰落了,园子逐渐荒废。

再后来,又归王心一、陈之遴、李秀成、张履谦等所有,张履谦易名为"补园",新建卅六鸳鸯馆、十八曼陀罗花馆。我去过卅六鸳鸯馆多次,才偶然知道一个好玩的秘诀:透过那些蓝茵茵的玻璃往外瞧,外面景物皆如披霜覆雪一般冷彻——这么聪明的妙方,既是闻所未闻,在其他地方也是见所未见。

今天的拙政园,在修修补补、拆拆分分后,与文徵明当年所绘的三十一处景点已经相去甚远。

文藤已近五百岁

谁能想到呢，拙政园经历了那么多的沧桑，而文藤竟然完好地保留了下来。在每一年的"暮春三月，江南草长，杂花生树，群莺乱飞"时，它便重现一遍韶华盛时。

苏州人因为爱文徵明，也很爱这枝文藤。

如今文藤所在，是太平天国时期忠王李秀成把一部分拙政园改建成的忠王府，从忠王府可以直接走到苏博，苏博有一个喝茶的地方，顶上就是文藤——近五百年的文藤已经非常壮大了，坐在苏博里面喝茶可以抬头看到文藤，站在拙政园外面也可以看到扑到墙外的一片深紫浅紫。

苏博不知从几时起做了一个很有意思的文创：文藤种子。我收到过一个，种子像绿豆那么大，三颗，装在一个小小的盒子里。是可以种的。

文藤将来大概是会散播到各个地方的吧。

如许多年过去，有些人你永远不会忘，有些物事永远保持着它的韶华美貌，当微风拂过，那紫色的璎珞自在坠落，如梦如幻。

紫色的璎珞

采茶去

我们上山去采茶。

这是西洞庭山缥缈幽深的一段所在,从西山镇里到山上,要走过很长的一段路,才能走到慈里村。

槐花已经落了,却遇到一墙野蛮生长的络石藤,爬在一个半倾斜的土房子上,"卍"字形的小白花铺得满墙满顶都是。

络石藤和槐花还真是有缘。我初识络石藤,也是因为上山摘槐花,去年的槐树找不到了,意外发现一株络石藤。络石是藤本,有很多名字,比如石鲮、明石、悬石、云珠、云丹、白花藤……但最常见也最有辨识度的,却是"风车茉莉"——像茉莉一样清香洁白的小小花朵,只是每个花瓣都是拧转的,像是一架小风车,也像个佛法中的"卍"字,故亦名"万字茉莉"。

络石藤"卍"字形的小白花

络石藤是野花,愈野,愈是开得兴起。

慈里在西洞庭山极深处,据说和绮里、甪里、东村一样,是商山四皓里的夏黄公隐居的地方。

来西山的游客不会去慈里,因为幽深,它在景区地图里是无名的。

但因为幽深,这里生长着滋味最浓的杨梅和枇杷,房舍依山而筑,曲曲弯弯。我们来来往往,足有三年,还是一不留神就会在逼仄的巷子里走岔了方向。

每回去慈里,我总是来不及发思古之幽情,就被满山的葱郁和花果甜香摄了魂去。

春二月,梅花开了。

春四月,春茶下来了。

春五月,青梅和枇杷熟了。

七月,杨梅红。

十月,橘子青,栗子黄。

那片茶山,在岁月和花果里宁静伫立。从不在乎自己的名字唤作碧螺春。

茶山的主人和大部分农妇一样,勤快,能干,信佛,烧得一手农家小菜,可是几年的相处,我总觉得,她比普通的农妇要明理聪慧些。我总记得在大观音寺她跟我说过的一句话:

"不要开口求菩萨什么,来了,菩萨就知道了,心诚或不诚,菩萨也都知道。"

我们十二个人曾在山上包了六百株茶树,和茶山的主人讲好了,就由它自由自在地生长,我们会来采茶做茶叶,虫蛀了,也无妨,长得瘦弱,也无妨。

明知道这样的不管不顾会带来大量的减产,茶山主人居然也一口答应了。我猜,她大概知道我们吃不起苦——但这苦也须我们自己经过一遭方才懂得。

采茶叶是极有讲究的。

每年春分前后至清明前,茶树开始长出细嫩的芽叶,最细嫩的、卷如雀舌的茶芽,大概不到2厘米,东西洞庭山的农家

细嫩芽头炒成弯弯曲曲

此时忙煞,把茶树上的细嫩芽头掐了炒成弯弯曲曲,那即是古来出名的"吓煞人香"碧螺春——明前碧螺春讲究得很,得掐住这嫩字,只摘芽头。

谷雨时候的茶叶不如明前那么细嫩,茶柄已经长出一片小叶,形状似旗,茶芽稍长,形状似枪,故称旗枪,这时候采一芽一叶或者一芽二叶都是可以的。

谷雨过后,茶叶开始肆无忌惮地乱长。

这以后的炒青,叶子更大些,滋味更浓些,渐渐没有了明前和雨前的清淡鲜嫩。

再往后,就不能做绿茶啦,因为叶子太大啦,只能做红茶。

拿谷雨后的茶叶做红茶,做碧螺红,据说还是这几年的事。

已经四月底了。青梅子饱满成熟地坠在枝叶间,枇杷的青果子努力长得浑圆,除了络石藤,橘子树也在开细小的白花。间种在梅树、橘子树、杨梅树、枇杷树之间的茶树,芽叶还有,但更多的是已经长大的叶子。

　　山上的太阳也开始毒辣。

　　那种带前后花布、阔帽檐的采茶帽,以及看起来就很专业的采茶篓,最后没有帮我们成为更熟练的采茶工。

　　即使这时候采茶叶其实已远不如明前、雨前那么辛苦——采茶工们两手翻飞的时候,我们这些临时工拢共才摘了一小把嫩芽,而且经过检查以后,大部分被判断为无用:有的叶子太大,有的叶子太小,有的是不完整的,有的掐得太狠……"你们自己拿回去炒吧",这句话的意思其实是:算了,

一大箩筐的茶叶

揉捻过的茶叶

这些茶叶给你们玩吧。

　　茶山的主人早就猜到了,她另外给我们采了一大箩筐的茶叶,我们拢共采的,还不及她的一半。

　　一大箩筐的茶叶,足够做一次我们自己喝的了。

　　红茶不难做。

　　采来的茶青摊开来晾晒一段时间,等水分收得差不多了,用毛边纸包起,反复地揉捻,揉捻到发热,就可以用布啊纸啊捂起来让它自己发酵。据说有人把它包起来放进刚煮完饭的电饭锅里热着,合上,暖一个晚上,第二天就发酵了,湿漉漉的,摊开晾开,红茶就成了。

　　……为什么是据说呢?

因为我始终过不了揉捻这一关啊,也就到不了电饭锅这一关。

大概始终和红茶差点缘分吧。

带回来的茶青,后来收在罐子里一直存着,可以喝,竟然有了白茶的味道。

也算是,"一个曾经的采茶人"呀。

荼蘼如雪

四月底以后,花枝渐无可观,浓淡不同的绿叶渐渐遮掩全城。樱桃红了,荼蘼开了,春事便了,谁也唤不转、留不住。

但我一直搞不清荼蘼是什么样的花。清人董诰绘过一辑《二十四番花信风图》,里面有荼蘼,不过好像和传说中的荼蘼也不大一样……

我也一直弄不懂荼蘼和木香到底是不是同一种花,只好在去年种了一株木香。

木香也挺好。网师园有一墙蔓延的白木香,开得泼天泼地,凌厉惊人。我的木香年纪尚幼,能活了就好。

不想,今年这株木香竟开了一面墙的小黄花,小朵千瓣,香微而清,和传说中的荼蘼,除了花形小些,还真是相似。

记不得哪里看过,说木香一名锦棚儿,叶比蔷薇更细小而

木香*

繁。若高架万条，绽如香雪，望之实在是有令人震惊的气势。

辛弃疾晚年写过这样一句："点火樱桃，照一架、荼蘼如雪。"

姜夔也写过一首木香词寄辛弃疾，说木香"还比酴醿又娇绝"，那么宋时，大抵荼蘼和木香都是有的。

宋人风雅，爱玩。

南宋朱弁的《曲洧旧闻》里说，范镇住在许下的时候，所居堂前有荼蘼架又高又广，范镇常在荼蘼花开时，喊朋友们来花架下雅集，荼蘼花瓣掉到谁的酒杯里，谁就要一咕嘟喝下，号为飞英会（这样看来，能落进宋人酒杯的花瓣，好像也不会太大）。

宋朝的荼蘼花大概什么样？我是弄不清楚了。

我猜，和钱选《昼锦堂图卷》里的差不多？

《昼锦堂图卷》是长卷，展开来大概要两三米长，画上到处有密密格子里攀着爬的繁盛的小花，不是荼蘼，也是木香吧？

《昼锦堂图卷》画的是宋人。不过这宋人，既不是范镇，也不是司马光。

范镇和司马光是同年考上进士的，他们考上进士的那一年，是北宋仁宗朝的宝元元年（1038），其时轰轰烈烈的庆历新政、石富谋反案、苏舜钦进奏院案、欧阳修盗甥案都还没有发生……那时候，范镇31岁。朝中有一名少年老成的臣子和范镇年纪差不多，32岁，却已是登第十一年，官拜右司谏了。

那是韩琦。

《昼锦堂图卷》里攀爬的繁盛小花

昼锦堂是至和二年（1055），韩琦回安阳（相州）当知州时，在州署后院修建的一座堂舍。

后院本来狭小，韩琦将牙城与500亩大的林圃打通连成一片，又引水入园与园中池塘相连接，建了亭台堂池，遍植花草树木、修竹莲菱，把这园子叫做康乐园，昼锦堂是康乐园里的七堂之一。

昼锦堂建好以后，韩琦请欧阳修写了一篇《相州昼锦堂记》，"以永叔之藻采，著魏公之光烈，正所谓天下莫大之文章"——昼锦堂于是名扬天下。后来蔡襄、米芾、赵孟𫖯为昼锦堂写过书法，钱选、赵孟𫖯、唐寅、文徵明、陈淳、仇英、董其昌都为昼锦堂作过画。

荼蘼曾在宋人那里得到无限宠爱，昼锦堂里这些到处攀着爬的小花，也许就是荼蘼吧。

我们今天少有人能像宋人那样来个飞英会，但这季节应有的妙趣，我们其实也可以试试。

紫藤可以采来做饼；牡丹花片可以涮了吃，也可以炸了吃；槐花一串串丰盛地挂在枝头，可以任性地蒸槐花糕、炒槐花饼、酿酒染布……木香开得恣意的时候，不妨把木香花囊悬在酒坛里制酒。

还有，这时候山里会有很多很多白色的野蔷薇，兀自招摇在篱边路边，间中几丛绯红色的花瓣，在日光映衬下，说不出的剔透灵秀，又馥郁芬芳——我从前以为这蔓延的清香，是花事末了的荼蘼，后来才知道，它们是野蔷薇。

槐花

野蔷薇

宋人喜欢把荼蘼、素馨等鲜花做成帐熏或香囊,野蔷薇也是可以的。

做花囊,是十分简单的。

摘取新鲜的野蔷薇花瓣,放在阴凉处晾过一晚上以后,会变得稍微有点萎靡,也可以晾得再干些——晾花瓣的时候就准备好纱囊,可以自己缝,我用的是天丝棉做的布囊,天丝棉质地轻薄,花气容易透出。等花瓣晾得差不多了,用夹子夹取花瓣,装进布袋,收紧布囊就是。

这样的花囊,可以随身带着,也可以放在床头桌边,任它若有若无地散发清淡的花气——写《闲情偶记》的清人李渔说过:"白昼闻香,其香仅在口鼻;黄昏嗅味,其味直入梦魂。"

自宋至清,这样的妙趣代代不减。

晾过的野蔷薇花瓣

风到楝花

开到荼蘼花事了。

不过,终结春事的最后一番花信,是楝花,而不是荼蘼。

《花镜》上说:"江南自春至夏有二十四番花信风,梅花为首,楝花为终。"

楝树秋冬时,枝节一碰即落,看似顶无用的杂树,但楝花实在美丽,花盛时满树紫色,所以苏州人又叫它紫花树。

城市里很少有土地能容许无用的树存在,即农人亦呼其无用。然而无用有用,只在一线间。

楝树秋冬时会落小铃铛似的果子,捡拾来在水里搓一搓,有少少泡沫,可以净手、洗小物。楝木还可以做屐,为着木纹好看,轻巧,声音又清脆。

有一年在阳朔,买过一双楝木屐。我还记得那个地址,是古

楝花

城路9号,在兴坪一条弯曲狭仄的巷子里。屋子显得有点冷清。一个扎煞着围裙的中年鞋匠,他姓杨,做一种苦楝木为底、旧轮胎为面的木屐。那双木屐,颇有汉八刀般的简易粗朴之风。

南人着木屐,由来很久了。

想象曾几何时,女子着红皮木屐,男子着白坯屐,沐浴后乘凉时散足穿着,一路清脆,依着石板路络绎而去。

这便是初夏的市井风景吧。

五十年前,西来的塑料、泡沫拖鞋普遍盛行之后,木屐便渐失踪影。

不过,少了木屐,有樱桃、枇杷的初夏,一样很入味。

尤其是有樱桃。

樱桃是一年一季，绝不徇时的。

记得有一年在丽江，住在大研城里头，院子里有一株樱桃树，簇生着鲜红的果子。

也记得早年，朱红色的樱桃放在小阁楼的桌子上，小阁楼的窗外是邻家屋顶上的瓦片，瓦片间生长的瓦松触手可及。是诸暨产的短柄樱桃，色作朱红，个头玲珑，像是玩物。浅浅一小碗——因为太金贵了。且一年吃不了一两回它就落市了，哪像番茄、胡瓜、菜瓜啊，能吃一个夏季。

枇杷也甜熟了，黄澄澄的果皮，白雪似鲜甜的肉。

东山有白玉，西山有青种，都是有名的。

有一年枇杷季，在东山陆巷一户农家小饮碧螺春，墙上挂着一些合影，门外有一株石榴，开得分外明丽。更远处是斑驳的高大牌楼，小雨淅沥，农家男主人穿过牌楼，带着几个游客从枇杷林回来。

陆巷是个安静的所在。

自陆巷大门进去，一照眼即像是一湾传说中的桃花源。左右两边皆是狭仄的村居走道，迎眼几畦青菜，村民在路边随意歇息——自然已有人在此处开店营生，不掩它的世俗生活气息。这么个村子，早年拍过《橘子红了》，借用的是明朝王鏊的惠和堂西花园，俗称宰相府——因成化年间（1465—1487），王鏊曾连中会元、解元、探花，故村子打眼处留下三块呈丁字形的牌坊：会元、解元、探花，让后人犹能一眼望见陆巷王家

樱桃红了

枇杷熟了

的煊赫——即使这些后人,大多数只是为了当季的枇杷而来。

覆盆子、蓝莓、豌豆也就跟着来了。

木荷也开喽。

所以古人说:"树阴满地日卓午,梦觉流莺时一声"——要开始热了。扇子,也可以画起来了。

绢面的扇子最适合画工笔,薄薄透明的一层绢,没怎么学过画的人也很容易画得好看——细小的红豆笔先勾出极轻的墨线,再用白云笔均匀涂上浅浅的颜色,这样一柄轻罗小扇,以后的日子里,自有许多清凉妙处。

画扇

石榴红,梅子青

平江路渐已熙来攘往,好似七里山塘的艳美。

从前平江路少有人走,路边的房子都是关着门一声不响,个把寂寞的茶楼临河而立,桃叶铺的店招轻微地簌簌作声。

如今,所有没倒下来的房子都修缮做各种亭台楼馆了,他们把天井装上明棚,四围摆上大大小小的花草藤萝,下雨天在这个明棚里喝茶看书——还真让人恋栈。

最近才发现,竹山写"红了樱桃"那时候,苏州正叫作平江府。而冯梦龙的《醒世恒言》里,《灌园叟晚逢仙女》的故事就发生在平江府。

书里说,"就在大宋仁宗年间,江南平江府东门外长乐村中。这村离城只去二里之远,村上有个老者,姓秋名先……"

秋翁有个令人目眩的园子：

> 那园周围编竹为篱，篱上交缠蔷薇、荼蘼、木香、刺梅、木槿、棣棠、金雀，篱边遍下蜀葵、凤仙、鸡冠、秋葵、莺粟等种。更有那金萱、百合、剪春罗、剪秋罗、满地娇、十样锦、美人蕉、山踯躅、高良姜、白蛱蝶、夜落金钱、缠枝牡丹等类，不可枚举。遇开放之时，烂如锦屏。远篱数步，尽植名花异卉。一花未谢，一花又开。向阳设两扇柴门，门内一条竹径，两边都结柏屏遮护。转过柏屏，便是三间草堂。房虽草覆，却高爽宽敞，窗榻明亮。堂中挂一幅无名小画，设一张白木卧榻。桌凳之类，色色洁净。打扫得地下无纤毫尘垢。堂后精舍数间，卧室在内。那花卉无所不有，十分繁茂。真个四时不谢，八节长春。

把这一大段都抄下来，只因为——这园子看着真像是现时的平江路啊。

我逛着平江路的时候，恍惚总以为秋翁的园子也在平江路上某一处，其实不是的。

平江路的得名，是因为苏州在宋元时期名为平江府。

北宋政和三年（1113）正月，当时的朝廷把苏州升级为平江府，平江路之名由此开始。

此前，这条路叫"十泉里"。

清人顾震涛所著的《吴门表隐》里说，十泉里这地名，是因为此处有古井十口，他还仔细地点出了这些井的所在：

华阳桥南一,奚家桥南北各一,徐家弄北一,魏家桥南北各一,朱马高桥北一,混堂巷口一,张家桥南一,苑桥北一。

我十年前从平江路走过,那时候人还很少,稍微注意点就能看见两口古井孤零零地立在路上,但也忘记了是在哪个路巷。

现在的平江路,人是很多了,多得平时不太敢去。但有时候还是忍不住会去走走,走到干将路那一头的平江路口——这青苔交织的石板路,往四面八方延伸开去,仿佛可以穿越上下数千年:

建新巷西有丁家巷,宋代宰相丁谓曾在此住过。

往前,钮家巷走出过清朝状元潘世恩。

再往前,是大儒巷,明代大儒王敬臣的居处。

继续往前,悬桥巷,清状元洪钧当年便在这里纳了赛金花。

再前,经菉葭巷到通利桥到大柳枝巷,这里的朱马交桥,据说岳飞曾经走过。

再前,右转到丁香巷,是戴望舒《雨巷》取景地。

然后,我们跨上胡厢使桥,来到了胡厢使巷。据说这巷子有女子患相思病,故也名叫胡相思巷。巷东有民国唐纳故居。

继续往前,就到了狮林寺巷,此处是狮子林所在。走到这里,平江路也差不多就结束了。

我这个季节去平江路,有时候是为着看那株老榆树。

榆树在苏州并不多见,织造府——对,就是《红楼梦》里那

榆钱儿

个苏州织造府外面有一株,另外就是平江路上有。春暮夏初的时候,常常纷纷扬扬落了一地的榆钱儿,薄薄的,色作黄绿,我很想捡起来。

榆钱儿能吃。但我没吃过,也不知道好不好吃。

所以,一年年就这么踌躇了去。

老榆树边上有几株石榴。一过了五月,石榴就陆续开花了。

红的红,白的白,绿的绿,在枝头那么娇艳欲滴着,完全不似旁的花那么清淡。

路边的石板上也渐渐有了些飘落的花瓣,走过的时候,一路总是"颠倒青苔落绛英"的。

石榴陆续开花了

石榴花啊。

那种薄薄的朱红,总让我有点眩惑。

会想起久远之前,阳光懒懒地铺满了学校的每一道屋脊与路径。到处都有一些疏矮的江南灌木在开花,或者在落叶。操场上长了青青的草,新鲜的气息闲闲地飘荡在风里。

有一株低矮的石榴树,立在天井里。枝头上缀着少少几颗朱红的花蕊,半开半闭,仿佛微张的娇唇,清新,洁净,羞怯,阳光穿透花与叶,单薄得近乎透明,准备安静地在下一刻盛放全部风姿。

那是一株少年时的石榴,一直立在记忆深处,立在从前的少年时光里。

那时候，不爱石榴，不爱任何花，却爱李商隐的"断无消息石榴红"。

"断无消息石榴红"写在唐大中五年（851），那年李商隐四十岁，要跟着东川节度使柳仲郢入川。临行前，他去见了曾经的好友令狐绹，令狐绹留他住了一晚。

那晚，清人冯浩如此描述：

> 将赴东川，往别令狐，留宿而有悲歌之作也。

这悲歌之作就是李商隐的《无题》之一：

> 凤尾香罗薄几重，碧文圆顶夜深缝。
> 扇裁月魄羞难掩，车走雷声语未通。
> 曾是寂寥金烬暗，断无消息石榴红。
> 斑骓只系垂杨岸，何处西南任好风。

义山的心事，向来没有人猜得透，尤其是他的《无题》系列，从来没有人知道他晦涩地想说些甚么。

但此中的惆怅难言，却连一个不更事的少年也能感知。

石榴红时，梅子也青了。

每年到了这个时候，我们就会去西山采一些青梅来做酒，有时候去慈里，有时候去消夏湾——消夏湾是吴王夫差携西施消暑的所在，到现在，都还是遍地绿草、古木参天的样子。我在这里寻到过几百种植物，包括《诗经》里头的薇，二十四番花信里头的紫楝，草药里面的云实、泽漆，等等——

最心心念念的当然是青梅。

青梅到处都有,但是西山的青梅,和碧螺春、杨梅、橘子、枇杷混生在一处,那滋味,就是格外的特别些。

去西山采一些青梅

青梅在古人生活里是一种奇特的存在。那么酸涩的果子，入了酒却成就了"青梅煮酒"的佳话。古人对青梅的情有独钟，是打"青梅如豆柳如眉"的时候就关注，盼着它长大，后来终于捱到熟了，"叶底青梅无数子"。熟了，就可以做酒啰。

青梅去掉果蒂后，挑拣好的青梅浸水，水刚好没过果子就行，浸泡十分钟，再用流水一个个洗干净，擦干。酒坛子也洗干净，放一晚阴干。十斤酒坛子里装五斤晾干的青梅，然后倒冰糖，再后注入花雕，坛口留个一二分——这样发酵的时候，才不会溢出来。再用宣纸、箬叶、荷叶封坛，麻绳缚紧，盖上泥封，放在阴凉的地方，一动不动，大概半年到一年，刚好是尾牙的时候，就可以启封了——酒未入口，芳先袭人。

做青梅酒实在是时令急活。

每回从西山摘了梅子，便要急赶回城里，挑拣、浸泡、清洗、阴干、分坛、装酒，前后总要个两天时间。我做青梅酒，配青梅、花雕、老冰糖的比例是1∶1∶0.7，略甜，适合我这种平时不爱喝酒的人。

说到底，我们酿这么一坛青梅酒，不过是为着在将来的日子里，与两三素心人相坐对饮，心里咕哝一句："这日子，醉倒了算呐！"

青梅与酒

流水落花春去也

楝花谢后,可以看的花少多了。

连山里的金樱子花,也在大片大片地谢去。

路边的香樟树却漫天漫地开起花来。

这些如芥子般小、藏身在青绿丛中的淡绿或淡黄色,即使成簇怒放,也不引人注目,远远望去,只当是新叶抽芽。

这是到芒种了。

民间花朝节迎花神,芒种,是要送花神归位的。

如今记得花朝节的人就不多,记得芒种送花神的人就更少了。

《红楼梦》里倒是提过一笔:

至次日乃是四月二十六日，原来这日未时交芒种节。尚古风俗，凡交芒种节的这日，都要设摆各色礼物祭饯花神。言芒种一过，便是夏日了，众花皆谢，花神退位，须要饯行。然闺中更兴这件风俗，所以大观园中之人都早起来了。那些女孩子们，或用花瓣柳枝编成轿马的，或用绫锦纱罗叠成干旄旌幢的，都用彩线系了。每一棵树上，每一枝花上，都系了这些物事。满园里绣带飘飘，花枝招展。

想来从前那时节也是很热闹的。

芒种一过，便是夏日。

这话听着让人有点儿惆怅，也有点儿小期盼。

想起缥缈峰半山腰的那株野生大桑树，这会儿，桑葚又该落了一地吧？

那株野生大桑树，大概被念叨了好几年了。

那年登缥缈峰，半山腰百白馆里看见一株野生大桑，枝叶离披，直将果子递出石墙外——这石臼是张士诚时代澹台氏排的八卦阵法，据说。里面还放了两块石碑，一块刻着金庸《天龙八部》里的"缥缈峰头云乱"，一块刻着梁羽生《白发魔女传》里的"天边缥缈奇峰，曾是我旧时家处"。那株野生大桑结果甚多，桑葚已经很熟了，且红且紫，有的落在"缥缈峰头云乱"上，有的落在"曾是我旧时家处"。矮矮的土墙上也堆满自由落体的紫红。

不远处，杨梅结了青青的果，覆盆子像小南瓜一样，一

杨梅结了青青的果

瓣一瓣,也红得发紫,垂生在荆棘里,等着被路过的小孩子吃掉。

而孔雀在山路前头鸣叫。

今年再去,百臼馆几乎全给蔓生的枝叶包裹了起来,已经认不出原来的样子,大家说:不在这里,不在这里,那株桑树还在前面哪!

然后就错过了。

我们是走到废琴台才知道错过的。峰顶有一座破旧得不像样的屋子,原是明人王鏊、唐寅、蔡羽、徐缙、陆治等人在这里聚会弹琴的所在,一块石碑立在墙边,说明这缥缈峰琴台(蔡羽、陆治纪念馆)的由来。

立在墙边的石碑

这原是一个天然清绝的所在,如今却废弃成这个样子。

旧事不可追,谁能阻止呢?

该去的终须去,而该来的,比如四季流转,终会循时而来。

江南的梅雨季节就要来了。

会连下许多天雨。空气将变得极其黏湿和沉闷。酢浆草会时常合起它们黄色和紫色的花瓣。竹藤编织的空隙间会默默布满霉点。

此时正值梅熟时节,故此也叫"黄梅季"。

> 江南每岁三四月,苦霪雨不止,百物霉腐,俗谓之梅雨,盖当梅子青黄时也。自徐淮而北则春夏常旱,至六七月之

交，愁霖不止，物始霉焉。

——明 谢肇淛《五杂组·天部一》

在时令上，这段时间有一个特别的名词，叫"梅"。"梅"的起止，古人是有严格规定的，得根据节气结合干支来推算。

明人徐应秋在《玉芝堂谈荟》中说："芒后逢壬立梅，至后逢壬梅断。"芒种后第一个壬日立梅，夏至后第一个壬日断梅。

严格来说，只有"梅"节令内的雨水，才能称为梅雨。但江南人说梅雨季，往往并不管这许多。

梅雨季前后，艾草正当盛时，蒲苇也已经长成剑的模样。

四月采艾做青饺，五月悬艾于门廊，原是江南历来的风俗，大概也因为艾草易长、易得，取用也简单：把艾草晒干了或揪几片叶子切碎了便得。

耕读园里原来便长着大片的野艾。它的茎黄褐或红褐，叶形似菊，叶背灰绿，揉碎有浓烈药香。高低都有，高者近一米，低者在膝下。

艾草盛时，虫蚁亦孳生，我们便常常就地采几把野艾，或者用来熏蚊子，或者做个简单的艾草包。

艾叶也可以用来染布，只是和丝瓜叶一样，要染许久：
大布囊装好艾叶，新鲜艾叶、干艾叶都可以。
准备好一桶水，放白矾或者盐融化，大概一粒黄豆那么

艾草正当盛时*

艾叶染过的布有一种淡淡的清香

多就可以了。

准备好要染的白布（棉，麻，或者真丝，不要用化纤料），尽量小一点的布。把白布放在水桶里全部浸透。

布囊放到水里煮，一直煮到有颜色出来。是有点浊的黄绿色。

把浸透了矾水的白布放进已经有颜色的水里煮，尽量平展，一边煮一边把白布推开或翻面。这过程大概要很久。

等到觉得布的颜色可以了的时候（简单的草木染颜色一般比较浅），捞出来在阴凉的地方晒干就好了。不要晒太阳。

这样用艾叶染过的布，做围巾或者布囊，都会有一种淡淡的清香。

用不完的艾叶，就和蒲苇一起，悬在门上吧。端午也就不远了。

绿了芭蕉

芒种后,接着便是"黄梅时节家家雨,青草池塘处处蛙"。

荷叶亭亭。

睡莲开始醒了又眠,眠了又醒。

石榴开得冶艳,是这一季最明媚的颜色了。

噫,想起我那口空着的坛子,每年都信誓旦旦地要种一缸荷或一缸莲,到底也没有种上。如今那口坛子所在的地方,也给一株石榴占牢了。

可园的石榴正开得喧妍。

但不如芭蕉。我这几番来,倒是为了看芭蕉。

我一直想种一株芭蕉,会卷叶子的。待叶子长成巨人掌般撑天撑地时,可以拿它的大叶子来裹着肉蒸。后来太湖边的琴庐旁,就种了两株小小的芭蕉,不过琴庐一直废置,到我们离开的时候,芭蕉也还没有长大。

可园的这几株芭蕉是长得极大的。

也可能是空间狭仄的缘故,第一次看到就大吃一惊:这么大!从来没见过这么大的芭蕉叶!这是铁扇公主拿来扇灭火焰山的那把大扇吧,如此说来,叫芭蕉扇还真是对极了!

若拿来蒸肉吃,大概就有点浪费了吧?也不知道它开起花来是有多大?

——芭蕉会开花我是后来才知道的。是有一年往西山包山禅寺去,顺路看了看废掉的琴庐,发现那两株没人看管的

睡莲开始醒了又眠,眠了又醒

可园的芭蕉

芭蕉老早就长得高过屋顶了,居然开了花,萧瑟里有种清艳。拍了照,单衣恃看到了说:"芭蕉开花我今年注意到了。回家路上有个老婆婆摆了个小摊子,上面搁着两朵芭蕉花,和几把青菜搁在一起,不知道有什么用处。"见多识广的素白月就回复:"芭蕉花可以吃的呀,当作菜来卖。不止广东人吃,云南菜里就有很多芭蕉花做材料的,可以煲汤,也可以炒肉炒蛋,反正没啥特别的香味。"

如此看起来,芭蕉花大概不如芭蕉叶裹肉来得有趣、好吃。

这些芭蕉是生在往冬合楼去的路上。陶亭边上也有。

马上就到梅雨季——

"是谁多事种芭蕉?早也潇潇,晚也潇潇。"

"是君心绪太无聊,种了芭蕉,又怨芭蕉。"

写这一段芭蕉词的夫妇,是蒋坦和关瑛,和沈复、芸娘一样闻名。蒋坦写过《秋灯琐忆》,与《浮生六记》类似,也是来记录他们生活里的趣事。

> 秋芙所种芭蕉,已叶大成阴,荫蔽帘幕。秋来雨风滴沥,枕上闻之,心与俱碎。一日,余戏题断句叶上云:"是谁多事种芭蕉,早也潇潇,晚也潇潇。"明日见叶上续书数行云:"是君心绪太无聊,种了芭蕉,又怨芭蕉。"字画柔媚,此秋芙戏笔也。

不过蒋坦、关瑛不是苏州人,是钱塘人。

真正在可园对面住过的是沈复、芸娘。

那时可园名叫"近山林"。也就是《浮生六记》里沈复说的:"隔岸名近山林,为大宪行台宴集之地。"

可园的名气没有沧浪亭来得大,但它的经历也算沧桑。

最早,是吴越国广陵王钱元璙的近戚、中吴军节度使孙承佑的别墅一隅。

北宋,倒霉的苏舜钦因为"进奏院案"被迫提前退休,老大不情愿地跑来圈地盖沧浪亭,把这一隅也圈了进去。

南宋,韩世忠住在沧浪亭时,又把这个地方重新翻修了一遍,辟为"韩园"宅邸。

清乾隆年间,皇帝的红人、巡抚沈德潜在此重筑园林,名为

可园一隅

"近山林",后来取"仁者乐山,智者乐水"之意,易名"乐园"。

道光年间,江苏巡抚梁章钜重新修葺,再易名为"可园",归正谊书院所有。梁章钜请了泾县朱珔来主正谊书院讲席,朱珔便为可园写了一篇《可园记》,里面说道:"有人说世上的园林大多美轮美奂,如今这园子这么小,可以称为园吗?我说,当然可!干脆,就叫它可园呗。"

可园的名字就是这么来的。

后来可园在咸丰、同治年间的兵火中历劫,又重修成为藏书楼。民国初年,可园成为江苏省立苏州图书馆,以后,又默默地做了五十年苏州医学院的后花园……

可园重修开放还是这几年的事。

据说,附近的人曾在医学院迁走、新园子大修之前来看过它,那时候它废弃在沧浪亭的对面,沉寂而幽微,仿佛埋头在故纸堆里的学子,不知人间有繁华更易。

端午近了。在可园的浩然亭周围看到丛生着许多淡竹叶子,有极淡的清香——可以包个极小的粽子吧?

杏子也熟了。

可园里植有不少的果树,杨梅、桃子、杏子都有,独杏子熟得最早,软熟地散在地上,我捡了一颗来吃,不甜,但是有馥郁的果子香。

"揉蓝衫子杏黄裙"。不知怎么就想起这一句来——在潇潇的芭蕉叶底下,走过揉蓝衫子的姑娘,杏黄裙上垂着一只锦绣的流苏。

"流苏"这两个字真好。有一种植物就唤作流苏,初夏满树白花,如覆霜盖雪。也有女子名流苏,是《倾城之恋》里清淡却柔韧的白流苏。

当然一般说的流苏,是那种以五色丝线制成的穗子。

流苏可以自己做。剪一块硬板纸,拿丝线耐心地一丝丝缠上去,末了,一头拿绳子系好打结,一头拿剪子剪断,简单的流苏就做成了。配上自己做的香牌,悬佩在腰间、包上,或者是做成襟挂,悬在裙脚,都好,都好。

手工香牌与流苏

过不过端午,打什么紧

端午的苏绣香囊全部系上流苏打叠齐整的时候,院子里忽然雷声隆隆,而我正在翻看李碧华的《青蛇》。

在年轻的时候,时维南宋孝宗淳熙年间,那时我大抵五百多岁。

…………

"我俩不若'真正'到人间走一趟吧。试想想:在一个好天气的夜晚,月照西湖,孤山葛岭散点寒灯,衬托纤帘树影,像细针刺绣。与心爱的人包了一只瓜皮艇,绿漆红篷。二人落到中舱,坐在灯笼底下,吃着糖制十景、桃仁、瓜子,呷着龙井茶……真是烟水源蛾,神仙境界。——小青,只羡鸳鸯不羡仙呀。"

雷声过后,似乎下了一阵子雨。我出门看时,一只瘦弱的小

端午的香囊

白猫从雨帘里穿过，走到车底下躲起来，若顺便再衔条鱼，不知它会否觉得不虚此日了？艾草叶片也是湿的，有一个竹窗子被废弃在墙角。那是我旧年砍了院子里的竹竿想要做一个六角形的花窗，做了一半赢得很多嘲笑，久都废弃了。现在更不成样子。

妙的是那断桥上也曾下了一阵子雨：

> 忽地狂风一卷，柳枝乱颤，云生西北，雾锁东南，俄顷，摧花雨下。蓝衣少年，衣袂被吹得飘荡，在淡烟急雨中，撑开一把伞。
>
> 真是一把好伞，紫竹柄，八十四骨，看来是清湖八字桥老实舒家做的。这样好的伞，这样好的人，却抵不过一切风风雨雨呢。

这是起始。

后来怎样了?

后来,端午遭变,水漫金山,雷峰塔镇住千年修行,直到十八年后,许仕林中状元哭倒雷峰塔,方始挽转民心——很奇怪,端午说要驱五毒,民心却那么热烈地盼望非我族类的白素贞得一个好结果。

"这样好的人,却抵不过一切风风雨雨呢。"

不过那又如何呢,大抵苍凉的故事,都有一个斑斓的起始,而浮生千重变。

过不过端午,打什么紧。

端午有没有香囊,其实也没什么要紧。

只是我们自己的内心,觉得某些日子需要一点仪式感。

比如包一堆极之玲珑的白糯米小粽子。

比如烧一大锅汤,彻夜煮五香鸡蛋,小孩子负责敲蛋壳,敲出像汝窑杯的裂纹。

女孩子们头一天会在门把手上,挂绳编络子,好把五香蛋装在里面——我打小就编这种蛋袋,一把绳子底部束起,往上,相邻的绳子交错着打结,很快就能编成。小孩们颈上挂一只五彩斑斓的蛋袋,互相"斗蛋",总有一个碰破的,或者两个都碰破了,就哈哈笑着把蛋吃掉。

或者做一只艾草香囊。艾草香囊是这几年才开始做的,做法和以前的花囊并无太大不同:

可以包粽子的淡竹叶子

采来的艾草洗干净晒干,把叶子撕下来,满满填进布袋,袋口扎好。

我喜欢用小麻籽布做外袋——草木染的那种老布,粗粗的,够厚实,又好看。艾草的气味浓郁,透过布袋子也还是香冽。

这样一只鼓鼓的艾草香囊就做好了。

书房里放一只,窗边放一只,包袋上挂一只——仿佛这样,就有了过端午的仪式感。

如此将空旷沉闷的日子切分成一段一段,这一段是日常的,那一段是有仪式感的。这一段悲,那一段喜。

——这曾是千年长生的白蛇和青蛇抵死也想换的人间日子。

粗粗厚厚的布袋子

梅子黄时雨

几日的晚夕,都是滴滴答答淅淅沥沥的声响。

昨日一场雨,尤其下得狠。

梅雨季节是真来了。

气象上的梅雨季是指初夏向盛夏过渡的一段阴雨连绵的日子。节令上的"梅"可不是,我以前不大注意,竟然还有准确的入梅、出梅的日子,竟然还需要官宣。

我从前还以为梅雨是因为杨梅的缘故……因为杨梅也熟了。

曾到东山采杨梅,看见夜里被风雨打落的杨梅坠在木板缝里。树上是一簇一簇的紫,据说一株杨梅可结得累累五百余斤果,天赐殊是不薄。

可惜树山没有白杨梅。我幼时见过一次,周身雪白,微染淡红,大得像乒乓球。

梅雨季节是真来了

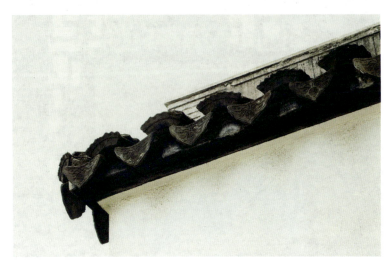

入梅

长大后再没见过白杨梅。后来自然也知道了,梅雨是因为梅子黄了,不是因为杨梅紫了或者白了。

入了梅,就是连绵的苦雨了。
但江南入了梅,却是一边抱怨着,一边潋滟着。
因为,有贺梅子啊。

1108年,贺铸客居苏州。
他是宋太祖贺皇后的族孙,妻子亦出自宗室。
年少时,他壮志凌云,也曾"交结五都雄",也曾"侠气盖一座",但终于,俱化作黄粱一梦。
也许因为北宋立国的根本是重文抑武,或者是朝廷严控外戚干政，又或者是贺铸自己性格上的原因，总之贺铸愈来愈对仕途灰心，未到退休年龄便早早辞职，闲居苏州。

他最有名的那句"一川烟草，满城风絮，梅子黄时雨"，就写在苏州横塘。

> 凌波不过横塘路。但目送、芳尘去。锦瑟华年谁与度。月桥花院，琐窗朱户。只有春知处。　飞云冉冉蘅皋暮。彩笔新题断肠句。若问闲情都几许。一川烟草，满城风絮。梅子黄时雨。

因为这首《青玉案》，贺铸被称为"贺梅子"，永留词史。

横塘在何处？

崔颢说："君家何处住？妾住在横塘。停舟暂借问，或恐是同乡。"

李贺说："妾家住横塘，红纱满桂香。"

可惜，那都不是贺铸的横塘。

宋人龚明之的《中吴纪闻》里记载说：

> （贺铸）有小筑在盘门之南十余里，地名横塘，方回往来其间，尝作青玉案词。

苏州盘门南十余里，的确是有横塘这个地名。

只不过面目全非，如今是建筑材料集散地，每次路过，都是飞尘扑面，肮脏不堪。两边偏还种着许多合欢树，花开时，远看像淡淡的绒球，可惜长在尘土路边，满树绒球总似蒙尘，仿佛蓬髻村妇，在大车扬尘中说不出的委屈。

横塘驿也是有的。

横塘的北端彩云桥堍，有一座淹没在垃圾之中的建筑，那就是横塘驿。

你可能不信，但那依稀仿佛，正是贺方回的横塘，范石湖的横塘，祝允明的横塘，文徵明的横塘。

往回推八百七十多年。

南宋绍兴十四年（1144），知府王唤在胥门外设水马驿，名为姑苏馆。

明洪武元年（1368），知府何质将姑苏馆移到盘门外。一年后，改姑苏馆为姑苏驿。

明成化九年（1473），知府丘霁将姑苏驿移回胥门外。

我们现在看见的横塘驿，是同治十三年（1874）修葺的遗迹。1994年重修过，现存遗迹仅是原水陆驿站的大门，其他馆、楼、庑、台已无迹可寻。

古驿站一度繁华非常。清代《苏州府志》里说："送往迎来，岁无虚日。"可惜那些繁华再也不见。

    客到烹茶，旅舍权当东道；灯悬待月，邮亭远映胥江。

这是同治十三年六月葺修时刻在驿亭柱上的楹联，如今，这二十个字寂寞地在一堆垃圾之外，独自承受梅雨，再也没有行人南来北往。

因为苦湿,江南梅雨季的饮食,多是清淡、清热、清湿的,譬如吃各种瓜,苦瓜、黄瓜、青瓜、冬瓜、木瓜、西瓜、香瓜……其中大概苦瓜最好。

有一种和苦瓜极像的金铃子,也叫癞葡萄,有金黄的瓤,嵌了血红的几粒籽,也是生在夏天,是当水果吃的,甜丝丝的。它和苦瓜同科,同属,只是不同种。就为这一点不同种,滋味便有了不同。

做菜吃的苦瓜,是一味清正的苦,一般人吃不消。

我吃过最好吃的做法,是冻苦瓜蘸蜜,颜色碧绿,甘苦中和得正好。后来问了问做法,大略是:苦瓜焯过,急冻半小时,趁冻切片,蘸蜜即可。

试过几次,都不得要领。

金铃子

也有人因为苦湿，依赖上了焚香——住在老城区的一个朋友，说每天清晨起来，都要靠焚香才能度过。

我看到了，忽然记起，香谱里有去湿除潮的香方，方子比较复杂，要艾草、苍术、丁香、甘松、老山檀，还要一味顶好的越南沉香，全部研碎、按比例调和以后，搓成细长的线香，放个三五天晾干，就可以用了。

自己手搓的，自然没有工厂机器做的那么直，但是用料纯，药香足，点燃后的青烟也不像机制香那么乱，在无风的静室里，会缓慢地、轻盈地上升。

做的时候正梅雨，顺手就把贺铸的"青玉案"拈来做了名字。

如此点一枝青玉案，看袅袅的青烟升起，听着外头潇潇的雨声，仿佛也没有那么烦闷了。

点一枝青玉案

出梅，入伏

这一季的植物们，好像有点恍惚。

粉龙又开了一季。绣球要么不开，要么就蓬地一下开出十几朵脸盆大的花来。

还有，一直和粉龙友好相处的薰衣草把它们共生的木箱挤裂了，整个扑倒在地，犹自气势汹汹地从地上挣扎着开出花来。

对面的凌霄绽开了大朵饱满的朱红，向远处探头探脑。我们想让它爬到屋顶上去，像个飞檐走壁的侠客。但它一直不肯。

今年五爪金龙的爪子只要伸出去就给它剪掉，所以它没有像往年那样四处攻城略地，它占了一扇篱笆，蓝雪花占了一扇篱笆，香水茉莉占了一扇篱笆，好吧，那就这样。

五爪金龙

今年没有来得及种黄瓜、茄子。

附近有人种了。我每天回家的时候都会站着羡慕地呆看一会儿,叶子爬得很高,但是结瓜结果的时候让我有点儿失望,有点儿……丑,还没我们以前那个圆鼓鼓的瓜好看呢。

旺盛的花果季真是好,不过,接下来就会热了。

江南暑天的标志是"出梅""入伏"。从这时起,梅雨季节结束,开始进入艳阳高照的大夏天,初伏、中伏、末伏接连而来,一伏比一伏更热。

在热起来之前,江南民间向有"六月六晒霉"的习惯,大概也就是在小暑前后出了梅(农历六月初六一般都在小暑前后),趁着太阳晴好,把梅雨天受了湿气的衣物、被子、书画、零杂拿出来通通晒过,晒过以后,就好收回箱子去安稳躺着了。

这些物事里,书是尤其需要晒的,因此还专门有了一个为晒书而生的节日——六月六晒书节。不过,这个节日,大家仿佛比花朝、芒种还陌生,如今我们也大致只能从书里看看晒书了。

清代藏书家孙从添在《藏书记要》里详详细细记录了晒书的方法,他的书大概很多,晒起来很是麻烦。

> 曝书须在伏天,照柜数目挨次晒,一柜一日。晒书用板四块,二尺阔,一丈五六尺长,高凳搁起,放日中,将书脑放上,两面翻晒。不用收起,连板抬风口凉透,方可上楼。遇雨,抬板连书入屋内搁起最便。摊书板上,须要早凉。恐汗手拿书,沾有痕迹。收放入柜亦然。入柜亦须早,照柜门书单点进,不致错混。倘有该装订之书,即记出书名,以便检点收拾。曝书秋初亦可。汉唐时有曝书会,后鲜有继其事者。余每慕之,而更望同志者之效法前人也。

唐人陆龟蒙有"晒书床",他在《袭美以公斋小宴见招,因代书寄之》诗中写道:"自与酌量煎药水,别教安置晒书床。"陆龟蒙的"晒书床"形制如何,今人已经不知道了,大概就是一种晒书专用的木架子或者木台子。

更豪的是清人朱彝尊,他在建竹垞的时候,专门造了一个四面无壁的亭子来曝书,亭成,名为曝书亭。曝书亭太有名了,以至于后人直接以曝书亭取代了竹垞,来称呼朱彝尊故居。

曝书亭如今仍在,只是再没有人曝书。

入伏后,除了将热,最实在的问题却是蚊虫。

两千多年前,庄子就说:这蚊子真讨厌啊,让人一晚上都睡不着。

欧阳修也专门写过《憎蚊》一诗骂蚊子,说它虽然小,可是太毒了……

从古到今,古人曾祭出百般法宝,譬如袁枚用蚊帐大法,陆游用燃艾大法,也有人种驱蚊草、食虫草、藿香、紫罗兰、凤仙花、七里香、夜来香……

这些法子里,如果不嫌麻烦,自己做个驱蚊香是最好的。

制作驱蚊香的八种草药

古方里原有驱蚊香方，而且还不少，最简便的一个方子，是取常见的艾叶、藿香、丁香、紫苏、菖蒲、白芷、金银花、薄荷八种草药，等份混合，用中药打粉机打碎，随意装在盆子、罐子里散发药香就可以。

不嫌药味重的话，一两斤自然比一二两效果要好，如果也不嫌麻烦，隔几天打一次新鲜的草药更好——粗粗打碎就成，药香散在空气里，几天也不会消散。

我每年都会打一二斤放在床边的柜子上，用个孔雀蓝的罐子，为的是好看——那个罐子有个布盖子，布盖子可以合上。合上以后谁也看不出是个药罐子——蚊子大概也看不出来，不过它早已逃了。

如此，我们在别过樱桃的朱、枇杷的黄、杨梅的紫之后，便可以安心地躲进翠碧的绿里去了。

打制好的新鲜草药,装进罐子里

那南风吹来清凉

院子外的荷花玉兰开了。一朵白花,被托在浓绿底子上,馥郁非常,花片凝脂般肥厚,令人老想摘一朵去炸来吃。

月季搬到院中后整日晒太阳、饮雨水,居中有一枝独秀,奋力向上直擎。

两株凤仙开了淡红色的小花,但我见它的机会很少。

院里院外的光景大抵如是。

在这些小小的热闹里,茉莉花沉默地开了,珠骨朵那样小的蓓蕾,层层缀在暗绿浓密的细叶间。

有人摇着大蒲扇或坐或站,走廊里有暗昧的灯,昏昏晕晕,低低地在闲言碎语里摇荡。

从前仿佛每年的夏天都是这样过的,自平房到楼房,家

荷花玉兰

家都在台前备着一盆茉莉,吃了,喝了,累了,闲了,习惯走到茉莉花前去聊两句,递给客人一玻璃杯绿茶,自己手上也一杯。没甚要紧的话,不过是些家长里短。

这样的日子里,茉莉花竟仿佛一件常用的家具,风来也不动,雨来也不动,不消人去照顾它,自顾自地在暗昧的走廊里、天井前,将一团香气氤氲在风里,徐徐笼着夏夜几个沉默的剪影。

那南风吹来清凉。

茉莉开了,也就到了盛夏。

我总记得苏伟贞在《红颜已老》里形容章惜:"一脸仍是茉莉花瓣不明不白的放着香。"

这个时节,路上总有老婆婆卖白兰花和茉莉花手串。白兰花是两三朵一小把,用一个简单的铁丝串着,可以别在衣

白兰花和茉莉花手串

襟上。茉莉花也是用铁丝串着,一圈大概有十几个圆鼓鼓的茉莉花苞。都是白里透着淡绿,清隽可爱。

有女子路过,若在小摊子前停下来,多半会带走几个茉莉花手串和白兰花。

茉莉的香气和样子,都是可可爱爱的呀。

清人孙璜的一套人物图册里,有一幅画中就有茉莉。一个女子穿着家常的单薄衫子,立在茉莉旁,好像在看茉莉花开了没有,旁边一个年纪稍小的侍女,正洗着果子,再切点鲜嫩可口的雪藕,好度过这一年大热的时候。

这是江南人家惯见的从前。

总要等到太阳下山以后,一遍遍舀水泼洒到天井里滚烫的青石板上,等它暑气退尽。

总是在渐凉下来的天井里,抬出四方小桌和椅子,就着暮色摆上小白菜汤、韭菜炒蛋、白切肉、清水茄子……

然后,一院子的人躺在竹凉席、藤懒椅上,听友人唱"天上掉下个林妹妹"……直到夜深,方由母亲唤醒入屋睡去。

好似临界的一锅水,暑天的热是沸腾的。

古人却有在伏天避暑的妙法。

蔡确被贬去安州的路上写过一组诗,第二首是这样的:

> 纸屏石枕竹方床,手倦抛书午梦长。睡起莞然成独笑,数声渔笛在沧浪。

观赏茉莉的女子

蔡确说自己躺在纸屏风后的竹床上看书，石枕凉沁沁的，引他做了个惬意的好梦。

蔡确没有把竹夫人写入诗。竹夫人亦是清凉妙品。这是用竹子或竹篾编成的一个长圆形的大笼子，抱着可以，搁臂憩膝也可以，因为竹编且镂空，人的肌肤贴着便觉清凉。

竹夫人如今少见，但仍然是有的。

民间和高温对抗的法子，除了用这些利器，大抵还是吃。就是像孙璜的画里那样，多多吃点"浮瓜沉李"。《红楼梦》里也爱说，把水果"湃"在水晶缸里，这个"湃"字，尤见清凉。

除了"浮瓜沉李"，还有绿豆汤啦，爱玉冰啦……以及木莲豆腐。

自打知道了木莲豆腐，我这两年都偶尔做一些。

名曰"木莲"，其实与木莲毫无关系；名曰"豆腐"，其实亦与豆腐毫无关系。

传统的木莲豆腐原料，是薜荔所结的果实种子。

薜荔籽非常小，扁圆形，像雪里蕻的籽那么大。做的时候用纱布包起薜荔籽，然后浸在盛满冷水的盆子里，不停地用手挤压纱布包，把黏稠的汁液挤出来，搁在边上放三五个小

那南风吹来清凉　155

竹夫人

薜荔籽非常小

时，慢慢地一盆薜荔汁就会变成半透明的胶状。

吃的时候，我会现摘一朵茉莉花或一片薄荷叶子搁在上面。没什么大用，只是会觉得好看一点，清凉一点。

在这样燥热的日子里，心里也要清凉呀。

半透明的木莲豆腐

独坐黄昏谁是伴

才是七月,紫薇花竟然已经开了一枝。

白居易诗里说:"独坐黄昏谁是伴?紫薇花对紫薇郎。"年纪轻轻的时候,对紫薇真有一种只闻其名不可见卿的莫名惆怅。真正见到紫薇花还是这几年的事,它就傍着门口,日夜摇曳。不开花的时候它很普通,枝干矮瘦,与其他植物一般静默独立。开了花,便是粉白丹红,喧嚣亦静默。

唐宪宗元和十五年(820)的夏天,白居易从被贬的忠州回到阔别已久的京城。

第二年十月,乐天官拜中书舍人。这一年,出现了唐朝历史上最为严重的党争之祸。李德裕与李宗闵各结朋党,互相倾轧四十年。白居易最好的朋友元稹,亦急于进取,身陷其中。

紫薇

独坐黄昏谁是伴

穆宗长庆二年（822）七月，白居易请求离京外任，离开中书省，离开倾轧争斗的长安城。

> 丝纶阁下文书静，钟鼓楼中刻漏长。独坐黄昏谁是伴？紫薇花对紫薇郎。

这首《直中书省》，是白居易任中书舍人时所写，推测时间应在长庆二年离京之前。其中的清冷萧条，令人惆怅。

离京之后，白居易先是到杭州任刺史，几年以后，又任苏州刺史。

姑苏城，从此有了七里山塘。

七月的七里山塘，是掩藏在旧日光影里的城中之城。

白居易任苏州刺史只有一年，而就在这一年时间里，他组织百姓开凿水道，从阊门城河直通到虎丘山麓，并与运河贯通——这条水道就是山塘河，挖出来的淤泥堆积在河边造了白公堤。天长日久，堤演变为街，这便是后来的山塘街。它东起阊门渡僧桥，西至虎丘望山桥，全长约七里，所以后来习惯称为七里山塘。

山塘街上的桥很多。

据说曾有大小桥梁四十座，呼为"四十津梁"，其中有名的古桥有十五座，自东向西，号称"横七竖八"。

七横，是横跨山塘河的山塘桥、通贵桥、星桥、彩云桥、普济桥、望山桥、西山庙桥。

八竖，是直卧于山塘街上的白姆桥、毛家桥、桐桥、白公

山塘人家

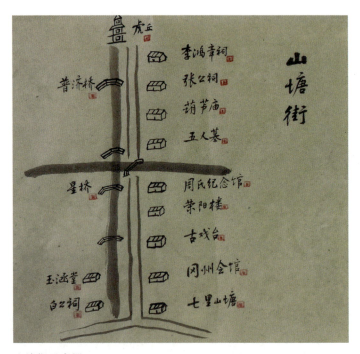

山塘街示意图

桥、青山桥、绿水桥、斟酌桥和万点桥。

据说旧时,河上来来往往的船只很多,有载着茉莉花、白兰花和其他货物的船只,也有游船画舫。

如今沿河的房屋仍是吊脚楼式的模样,依稀可以想见从前女人们在河边洗晾衣衫,小贩们摇着小船卖花、卖米、卖点心的场景。住在楼上的往河中央吊下一只篮子来,一番讨价还价,再轻俏地拉上去,篮子里就盛满了心头好。

《红楼梦》开篇"最是红尘中一二等富贵风流之地"句,说的就是这里。如今,仍然富贵否?风流否?

自是各有各的答案。

一年堪堪过半。

院子里的丝瓜从高高的竹架子上荡下来,长丝瓜做汤,嫩丝瓜炒蛋,都十分可口。

草莓再不肯结果。番茄结了六个,却给不知道哪里来的小鸟啃去大半。

绣球开得有头脸那么大,蓝雪花扑满一地,凌霄藤上挂了无数个小号角,五爪金龙在地上团团乱爬,快要爬回起点了。

最有趣的是偶然买回来两张一叶莲,一张叶子就铺满了整个水面,每天开几朵毛茸茸的小白花——有人说好像是《诗经》里的荇菜,是不是呢?也不大清楚。

紫薇花开时,梅雨已停了,也早就没有了梅子。不过,可以煮酸梅汤啊。

酸梅汤是古人的凉饮,顶好喝的那种。但这也只是其中的一种,还有很多避暑凉饮,比如麻饮细粉、冰雪冷元子、水晶皂儿、甘草冰雪凉水、甘豆汤、椰子酒、豆儿水、鹿梨浆、姜蜜水、木瓜汁、茶水、沉香水、荔枝膏水、苦水、金橘团、雪泡缩脾饮、梅花酒、香薷饮、五苓大顺散、紫苏饮,等等,等等……

好了,暂时先不要想《东京梦华录》和《武林旧事》中的这些，还是老老实实煮酸梅汤吧。

准备好山楂、乌梅、甘草、桂花（汤料包现在有很多现成的卖）。

乌梅、山楂、甘草分别用水洗净，稍微浸泡到软，用汤料袋包起。

放一大锅水，放入汤料包，大火烧开。转小火煮40分钟，放入老冰糖再煮10分钟。就好了。

煮好以后是红艳艳的一锅，再撒上桂花，冰镇。黄昏找棵开花的树躺下来，饮一口这暑天风味，也算是妙绝。

暑天风味

不知荷年荷月

街上开始有人挑着担子卖金铃子和莲蓬了。

金铃子是青黄相接的颜色,面子上鼓凸不平,剥开生脆的外壳,里面有鲜红的瓤和籽粒。

莲蓬还不大,碧绿生青地卧在一张大荷叶上。不过,莲蓬可以担出来卖了,想来荷花已经开盛了?往年这时候的沧浪亭,可是满水面都是荷叶荷苞了。

沧浪亭四面环水,本来种了很多荷花,但是去年竟然没有了,今年只好去东园看。倒也无妨,沧浪亭须往西,东园须往北,算起来东园还少走两三分钟的路。何况东园有那么浩大一个荷塘。

我以前去东园捡过莲蓬,它的莲蓬,全都有人头那么大。一池的潋滟,也很让我印象深刻。有风来时,那些荷真是当得起"水佩风裳"四个字。

"三十六陂人未到,水佩风裳无数"是姜夔的句子。

闹红一舸,记来时、尝与鸳鸯为侣。三十六陂人未到,水佩风裳无数。翠叶吹凉,玉容销酒,更洒菰蒲雨。嫣然摇动,冷香飞上诗句。　　日暮,青盖亭亭,情人不见,争忍凌波去?只恐舞衣寒易落,愁入西风南浦。高柳垂阴,老鱼吹

水佩风裳无数

浪,留我花间住。田田多少,几回沙际归路。

——姜夔《念奴娇》

这是淳熙十六年(1189),姜夔住在吴兴的时候写的。他在序言里说:

> 余客武陵。湖北宪治在焉。古城野水,乔木参天。余与二三友,日荡舟其间。薄荷花而饮,意象幽闲,不类人境。秋水且涸,荷叶出地寻丈,因列坐其下,上不见日。清风徐来,绿云自动。间于疏处,窥见游人画船,亦一乐也。揭来吴兴,数得相羊荷花中,又夜泛西湖,光景奇绝。故以此句写之。

那一年,姜夔三十五岁。离他写出著名的《暗香》《疏影》,还有两年。

不知道白石和二三友"薄荷花而饮"的时候,是不是喝的碧筒饮——按理说,爱玩的宋人老早就知道这种喝法了。

唐人段成式的《酉阳杂俎》里说,魏正始年间,爱玩的人就晓得把荷叶摘下来盛上酒,系紧,用簪子刺透叶和柄之间的空隙,让酒从空心的荷茎漏下去,人们从荷茎的末端吸酒喝,并称为碧筒饮。

那滋味,据说是"酒味杂莲气,香冷胜于水"。

"酒味杂莲气,香冷胜于水",这滋味我是信的。因为这几年,每到荷花开时,我都会做荷花茶。荷花茶的滋

不知荷年荷月

味,便是这般带着清润的水气。

沈复的《浮生六记》里说:

> 夏月荷花初开时,晚含而晓放,芸用小纱囊撮茶叶少许,置花心,明早取出,烹天泉水泡之,香韵尤绝。

元人倪瓒的《云林堂饮食制度集》里也有"莲花茶"一条:

> 就池沼中,早饭前日初出时,择取莲花蕊略破者,以手指拨开,入茶,满其中,用麻丝缚扎定。经一宿,明早连花摘之,取茶,纸包晒干。如此三次。锡罐盛,扎口收藏。

如此看来,至迟,元人就已开始做荷花茶喝了。

现代人繁忙奔命,偶尔为之,倒也不失为一种闲情。只需准备几枝荷花、一撮绿茶,宣纸一小张,纤细且容易打结的线一段,就可以开始尝试荷花茶了。

准备几枝含苞待放的荷花。若是自己喝,一枝也够了。

再准备一撮鲜嫩甘爽的霍山黄芽,或者洞庭炒青。古人配暗香汤的也是绿茶。

轻轻用指尖拨开花瓣,探入荷心,用宣纸或者小茶包包起适量茶叶放入荷心。依旧合拢,细绳扎起。然后静置一天或一夜。

这时也不必着急,可以看看剩下来不用的荷花。离水后,荷花是极其朝开夕落的物种,过了大半天,即使没有人碰它,花瓣也簌簌地落下来了。

一天或一晚,基本上就"红衣脱尽芳心苦"了。但即使脱

准备几枝荷花、一撮绿茶

放入绿茶后用细绳扎起

落尽,也还是带着清气。所有水生的植物,都会自然带着一股清气。

　　时辰到了以后,便可以把荷花全部拆开,把茶叶取出来。荷花的清气浸润了茶叶,茶叶有点儿软软的——用85℃的水冲泡,茶汤里明显带着荷花的清气,和原来的鲜爽很不一样了。

　　也曾试过用白荷花做荷花茶,不过白荷花香气忒烈,夺了水润天然的清气,倒是不如普通常见的粉荷花。

　　许多年前,曾看到一则广告,有人执笔在墙上写浮生六记——记乐、记趣、记愁、记闲……

　　真正读到沈复的《浮生六记》,大概又过了许多年。

　　再过许多年,方在偶然之间,做起一朵荷花茶来喝。

　　不知荷年荷月,且记此身此时。

茶汤里带着荷花的清气

朝生暮落之花

七月底出门的时候，门口的两株紫薇还只是一枝两朵，回来，却已是花枝蔓延，开到十分盛处，令人无来由地担心它快要谢了。

一地花影、光影婆娑里，只觉光阴迅速。

已经八月了吗？

有些记忆是唯一且久久不忘。

比如小时候的夏夜，每家都把竹凉席、躺椅搬到露天处，可能还切大半个西瓜。人声嘈杂。就在嘈杂里昏沉睡去，若突然一惊，定是被凉意弄醒的，那时候也就到了半夜。

那时候家家有懒椅。那懒椅有一人长，尺半宽，合着人体曲线，可以仰卧观星，只是翻身不易。也有竹榻，我家就有几

只觉光阴迅速

张,像门板一样横杠在长凳上,上面盖上草席。再就是人人手里有把草编的扇子,桃子形、正方形、正圆形,那时候并没有太多的纳凉工具。一样的酷热里,人却也这么活了过来。

不记得那时候是不是有萤火虫了。倒是前几年在书院里,看见过草丛里一闪一闪的很多,也有一只撞进过屋子里来,关了门窗,看它在暗夜里飞,方才知道什么是萤火。

《月令七十二候集解》里说,大暑一候,腐草为萤——萤火虫到处飞的时候,就是一年里最热之时。

近来姑苏城的确是热得人要发昏,晚来八九点,推门出去一伸手,空气犹是温的。

这么热的日子里,仿佛只有木槿不惧。

木槿是夏天的花——虽然有时候它也开得很早。附近植有木槿,近来经常看见它开得艳且媚,常常需要克服"摘一朵来玩"或者"摘一朵来吃"的念头才能无事般走过去。

木槿古名舜华,因为它朝开暮落,荣华仅一瞬。我每天看到的木槿,都不是同一朵花。每朵花只开一天,昨天的那朵,前一晚已堕地了。

我以前买到过一块布料,颜色说明很有意思:"暗木槿色"。其实就和苏木加了皂矾染出的颜色一样的,带一点点紫,又有一点点红,显得柔嫩而温和。我为此犹豫了好几年,这种颜色,该叫它"木槿紫"还是"苏木紫"呢?两种叫法我都宠爱。

当然,木槿花不止一种颜色,有的绯红,有的淡红,有的

木槿紫,或者苏木紫

朝生暮落之花

朝开暮落之花

浅紫,有的看着就是一朵白花,只在花芯处有紫红沁出来。

世人对木槿并不友好。明人文震亨《长物志》里头说:

> 花中最贱,然古称"舜华",其名最远;又名"朝菌"。编篱野岸,不妨间植,必称林园佳友,未之敢许也。

"花中最贱",这说法令人震惊。文震亨的话有时也听不得,虽然他是文徵明的孙子。他还说过,辛夷只配给木兰当小婢……

也许这贱字,是由吴语菅树误传而来?

公众号"俚人野语"里有篇《能洗头的"菅树"》就说过:

> 油菜抽出的菜茎,苏州人唤作"菜茑",把"茎"转音念作开口音的"茑",既响亮又好听。"绕曲径,过旱船",这是弹词"方卿见娘"里的一句唱,"曲径"也唱成了"曲jiàn"。再有,木槿在苏州话里同样被叫作"jiàn树"(菅树),也是转音。

我小时候,偶尔听长辈提到过木槿花,大意是说民间称它"不知羞花",也是瞧不起它的,与文震亨的说法差似。

木槿的花叶和苦楝、皂荚一样,也是可以用来洗手的,也都是搓烂了以后和水冲洗,便能去污,大概,都是含有皂苷的缘故。这几种植物苏州都有,皂荚少见些,苦楝略多些,木槿见得最多,故而,据说以前苏州人常摘了木槿花瓣来洗头。木槿花瓣也可以吃,据说味道还不错。

这么美又这么好的花,怎么落得这么一个"花中最贱"的评价?真令人叹息!

那块好看的暗木槿色的布料,我后来还是拿来做了一件衫子。

做衣服不见得有多么难。古人常常一夜就缝好了一件袍子,如《红楼梦》里的湘云就常做针线活至三更,可见是不怎么难的。做衣服只需一把剪刀、一块布、一卷线,剪开,缝上,如此而已。

有人说:"若论厨艺,吾不如庖丁;若论女红,吾不如缝人;若论歌舞,更是怎么也精不过那些坊市的歌女舞伎。但是学了这些,吾可以鉴赏、可以评点,偶有展露才艺,那也是锦上添花,增加趣味。"

说得对呀!

我们做衣服,不见得要成为一个老裁缝或小裁缝,衣服自己能穿,自己喜欢,就好。若要拿那复杂专业的裁缝术语来为难自己,八成的结果是一怒之下把剪刀、布头、线卷一股脑儿都锁到柜子里去。

所以中国历来有文人做的菜,文人制的琴,文人写的笺……于专业之外,更重在得趣。"乐此不疲,每日孜孜,一坐下去就是十几个小时。"那实在是因为有趣。

有趣,才能长久,才能哪怕在炎蒸的日子里,也孜孜地做自己喜欢的事呀。

贺新凉

若到七夕,便是到了夏末。

紫薇从繁盛到稀落,石榴挂了果,荷花结了莲蓬,只有凌霄还在无尽无休地开着,风过,便慵懒地摆一下头。

古人有个词,说这以后的天气是:嫩凉。

从嫩凉到清冷,大概还有好一阵子的路要走。我倒是盼着快点到清冷,不为别的,这阵子暑热好像比以前都厉害,往年绿油油的几丛菊花、两三盆绣球,甚至连一叶兰和鸭舌兰都快要撑不住了。

晚间在路上走,似乎起了微微的凉意。杜牧说"天阶夜色凉如水,卧看牵牛织女星",便是指七夕。

有一年也是七夕——现在想起来有好几年了——我们招

石榴挂了果

了一群爱玩的人，剥莲子，喝荷花茶，把针丢在水盆里看它的倒影，似乎还有人跑出去对着新月许了愿。

七月初七，曾经也是一个盛大而郑重的日子。

《知否知否应是绿肥红瘦》里的齐衡说："这次见不到你，还有七夕，过了七夕，还有上元。"

《浮生六记》里的沈复写道：他和芸娘一起在七夕许愿，刻下两枚图章——愿生生世世为夫妇。

《帝京景物略》里也记载着：女子们把绣针扔到水碗或水盆里，看针浮在水面时盆底的影子，"有成云物、花头、鸟兽影者，有成鞋及剪刀、水茄影者，谓乞得巧"；若是投影"粗如槌、细如丝、直如轴蜡"，那么——你大概既不喜欢也不用作啥针线活了。关于七夕的所有记载里，我觉得这个最有趣。

以针投水，大有讲究。

先是水要讲究。取一盆水，露天过夜，第二天七夕再在太阳底下曝晒半天，这样水面上会生一层膜。再是投针也有讲究。把针往水里随便一扔的，针就直接躺水底了。投针须得要轻巧，耐心，屏息静气，轻轻地把针放在水面上浮着，才有影子出来，才能看得出这影子是细细巧巧各种形状的，还是直挺挺粗粗笨笨的。

清人陈枚的《月曼清游图册　桐荫乞巧》里，就画了四个女子拈针下水，神情专注认真。

《月曼清游图册》绘成于乾隆三年（1738），这时候陈枚入宫为画师已十二年。两年以后，他"两目大伤"，体弱多病，从宫廷回到老家休养。据说陈枚此后的画风与之前迥异，一变工致而

贺新凉

清　陈枚　月曼清游图册

为萧放。但他最后流传下来的，终究是这套《月曼清游图册》。

《月曼清游图册》拢共有十二页，对应十二个月，《桐荫乞巧》在第七页，表示七夕是七月（农历）最重要的日子。旁边有乾隆御用大秘梁诗正的题字：

> 金风瑟瑟猎庭柯，曲槛清幽残暑过。
> 满院梧桐凉似水，鹊桥云外报声多。
> 一条银汉碧天横，秋入今宵分外清。
> 乞巧金针谁度兴，双星炯炯向人明。

我从前总嫌陈枚画的女子不如费丹旭和改琦的灵动，但《桐荫乞巧》却是经常被拿出来的一幅，大概于投针乞巧，陈枚画得最精致传神。

《月曼清游》这一套图册，画的全是宫中女子一年里的清趣雅致。杜牧的"银烛秋光冷画屏，轻罗小扇扑流萤。天阶夜色凉如水，卧看牵牛织女星"也是写宫廷旧事。

但对于这些玩乐之事，宫苑佳丽们的兴致还是比不上生于七夕、死于七夕的南唐后主李煜的。传说他用嵌有金线的红丝罗帐装饰墙壁，又用绿宝石镶嵌窗格，以红罗朱纱糊在窗上，屋外广植梅花，于花间设置彩画小木亭，和爱姬赏花对饮。每逢春盛花开，就在梁栋、窗户、墙壁和台阶上布满鲜花，号为"锦洞天"。每年七夕，必命人用红、白色丝罗百余匹，作月宫天河之状，整夜吟唱作乐，天明才撤去。

不过后人很少会在这个嫩凉渐起的时节想起李煜。

这时节最动人的是莲子。

因有莲子,初秋仿佛便带了种清香四溢、碧绿透明的气质。八月底九月初,往往有农家提个篮子卖新摘的莲蓬。买回来把莲蓬洗净,与时鲜的青菱搁在一处,总是"清如水"的。

除了吃,莲蓬也是个玩物,尤其是带长梗的。莲蓬新鲜的时候,几乎可以掐出水来。偶然折断,便有丝絮一样的断丝,在空中悠扬飘飞。如果不新鲜了,也有其他趣味。旧时文人往往喜欢在书房几案上,小小铺陈几枝有意趣的残荷、一丛枯了的长梗莲蓬,衬着或拙或雅的器具,便是一境。

若想用几枝长梗莲蓬作清供,现在就要动手了。等到再

新摘的莲蓬

晚些,可就只有莲蓬头了——把新鲜的长梗莲蓬,找个通风背阴的地方挂起来,让它自然风干。记得不可以晒阳光,晒了会发霉烂掉。还要记得,一把挺拔的、头昂得直直的莲蓬是要倒挂的,而若要一把懒散低垂的,就让它靠墙倚着。

风干以后,到得秋冬便是一把合格的清供。绿莲蓬变作老褐色,干而硬,里面的莲子有时候会滚出来,粉荷花也变作灰紫色,像纸片一般脆弱。

那一把碧绿透明的,属于夏末秋初的气质,也就渐行渐远了。

藤萝花底

凤凰街上有一株很大的凌霄,已经爬到四楼了,有回路过,被惊到了,虽是从地面攀爬上去的,看着倒好似从天上一直倾泻下来,好一片热烈又慵懒。

在这一带看到过不少凌霄。往东再走几步,就可以拐到紫兰小筑。紫兰小筑的东北角挨着附一院的西门,东边和南边是居民小区,西墙和南墙围了起来,凌霄在南墙上探出身来,垂垂花矣。我大概用脚量了一下,一边是四十步,一边是六十步——这深幽僻静的四十步和六十步里,围着一个故事。

紫兰小筑是周瘦鹃的园子。

周家后人如今仍然住在紫兰小筑里。

清 居廉 凌霄图

在外人看来，紫兰小筑永远是一圈围墙，两三扇紧闭的暗沉沉的门，门墙半已破败，凌霄花在墙内盛开，一直蔓延到墙外邻家。邻家的石榴花谢了，结了红艳艳的果。

说起民国周瘦鹃，那也是一号人物。

二十世纪三十年代，周瘦鹃在王长河头3号购下一处废园（清代书法家何绍基裔孙何维构的默园），改建修葺，命名为紫兰小筑，里面有爱莲堂、紫罗兰庵等。

世人熟知的，是他是鸳鸯蝴蝶派的领军者，但他的成就当然不止于此——他是民国时期著名报人兼文人，文学翻译家、小说家、散文家，后来因着紫兰小筑，还成了苏派盆景家。紫兰小筑的盆景一度极负盛名。周瘦鹃善作江南小景，好些年里，"但悲万里河山破，忍看些些盆里山"。他于植物，真是有情。

周瘦鹃给园子取名紫兰，是为着他一生不忘的女子周吟萍。

周吟萍的英文名Violet，译过来就是紫罗兰。

他们相识时，都不过十七八岁，长达六年的鸿雁传情，却抵不过现实的门庭悬殊，有情人终未成眷属。

周瘦鹃从此一生执着于"紫罗兰"三字，他为文集取名《紫罗兰集》《紫罗兰外集》《紫罗兰庵小品》等，亦为创办的刊物取名《紫罗兰》和《紫兰花片》，连写信都用紫墨水。

每回路过紫兰小筑，都觉得那些凌霄别有动人处。后来才知道,它果然是不一样的。

凌霄又唤紫葳、藤萝花,是四大藤花之一,很早就有了。《诗经》里说:"苕之华,芸其黄矣。心之忧矣,维其伤矣!苕之华,其叶青青。知我如此,不如无生!"这里的"苕",就是凌霄。

但是,古人所说的凌霄,我们现在其实很少能见到了。

我们经常见到的那种凌霄,唤作美洲凌霄或者号角藤,叶子有9—11枚,叶下面被毛,花冠筒长长的,很像个小号角,花片厚厚的,裂片小,正反面都是橙色或红色。

而古凌霄呢?叶子有7—9片,花冠筒要短很多,花片又大又薄,裂得又深,正面是橙红,反面是橙黄。

据说紫兰小筑里有300年的红豆树,200年的古柏树,

紫兰小筑的凌霄

130年的白皮松，115年的桂花树，120年的构骨树，有这么一株古凌霄也就不稀奇了。

遥想当年，程小青、范烟桥、蒋吟秋、谢孝思等人都曾坐在这园子里，吃饭，喝茶，讲闲话……也曾看过凌霄的花"啪嗒"一声掉下来吧。

凌霄谢得晚。

吴文英在《水龙吟》里说："待凌霄谢了，山深岁晚，素心才表。"

那时候，就到了秋深了。

趁凌霄未谢，秋气未深，赶紧做些梅花炭晒着，好等冬日里熏炉子。

热天做炭？你别笑啊，还就得趁着这个时节做才成。

古法制的梅花炭，又唤作梅花香饼，古人用软炭、蜀葵叶、丁香、桂花，捣成粉后用细纱筛之，再混合枣肉汁捏成梅花饼状，晒干了，再在避阴处存放几个月，冬天拿出来正好。

青梅酒要酝酿，玫瑰露要酝酿，梅花饼也是要酝酿的，待晒

晒好的梅花炭

个一百来天,火气都敛净了,才有淡淡的香气出来,熏烧的时候才不会冒烟呛人。

梅花炭和许多其他的物事一样,不难做,只是要耐心。

第一步,准备好香炭粉,多次、少量地加入适量的清水,别太多,也别太少。

第二步,用手不停地捏揉香炭粉,直到炭粉均匀地吸足水分,揉成一个小团子。

第三步,把团子放到梅花模子里,轻轻地、均匀地往下一压,一朵湿湿的梅花就出来了。再把它晒干,或者烘干,就好了。

紫草根与紫草根油

顺便再多制些紫草膏。

入秋了,难免会有蚊虫叮咬,保不齐比夏天还厉害些,我们早就泡好了紫草根,如今一年了,很红很红,像红酒一样,刚好可以用了。

热热地化开蜂蜡,和上泡好的紫草根油,倒在好看的盒子里,等它凉了,紫草膏就成了。

如此,便可以出暑,入秋了。

一叶落知天下秋

路上捡到一枚荷花玉兰的阔叶。

这枚叶子,一半是暮夏的绿,一半是初秋的黄,亮亮的,颜色好看得紧——简直就是个具象的符号,告诉捡到它的人,"立秋了!秋天要来了!"

立秋是要落叶子的。

关于立秋,我最喜欢这一则传说:宋时立秋这天,宫内要把栽在盆里的梧桐移入殿内,等到"立秋"时辰到了,太史官便高声奏道:"秋来了。"奏毕,梧桐应声落下一两片叶子。

《淮南子·说山训》里说:

> 见一叶落而知岁之将暮,睹瓶中之冰而知天下之寒。

后来唐人也说：

> 山僧不解数甲子，一叶落知天下秋。

这个叶子是有讲究的，说的是梧桐树的叶子。梧桐也叫青桐、桐麻、碧梧、櫜树、中国梧桐，它四月开花，嫩黄，小如枣花。五六月结子，形作五棱，子缀其上，多者五六，少者二三，大如黄豆。

古诗里说到"梧桐栖老凤凰枝"的，全是这种树，而不是泡桐或者法国梧桐。

在古人眼里，梧桐是有灵性的草木，它灵通神明，感知宇宙。《花镜》中说梧桐树能知岁时，若清明后桐树不开花，那么此年必大寒：

> 此木能知岁时。清明后桐始华；桐不华，岁必大寒。立秋是何时，至期一叶先坠。

又说它一枝有十二片叶，对应十二个月，有闰月的时候还会多长出一片小叶子来：

> 每枝生十二叶，一边六叶，从下数一叶为一月，有闰则十三叶。视叶小处，即知闰何月也。

《闲情偶寄》也说过梧桐的年轮是会编年的：

> 梧桐一树，是草木中一部编年史也。……有节可纪，生一年纪一年。

李渔是浙江兰溪人，他看到过梧桐从小到大的生长过程，是有此语。

文人的画里也爱这种桐，常常取名叫"桐阴什么什么图"。仔细看唐寅《桐阴清梦图》画的桐叶，就是梧桐叶。

十里桐阴覆紫苔，先生闲试醉眠来。此生已谢功名念，清梦应无到古槐。

这是《桐阴清梦图》的题画诗。
他说：南柯一梦里的富贵荣华，不要也罢。
他看开了吗？——并没有。
他一辈子都不曾看开。
自三十岁因科考舞弊案被终身剥夺功名，二十年以后，唐寅仍然夜有所梦，并心有余悸地写诗感叹自己的沦落。嘉靖二年（1523）秋天，唐伯虎与友人一同去东山游玩，看到苏东坡的一首词中写道"百年强半，来日苦无多"，不禁触中心事，遍体悲凉，回家之后便一病不起。

他一定知道，苏东坡还写过另外两句："世事一场大梦，人生几度秋凉。"

人生的秋凉，谁又能逃得过呢？

古人对这季的凉，有一个词用得很好：嫩凉。
嫩凉会一层层深入到清冷，继而再深入到严寒。而植物的颜色也将随天气而变化。

明　唐寅　桐阴清梦图

嫩凉初生

去过九寨沟和张家界的一定知道,那种锦绣一样的层林或水色,一定要秋天才显现出来,越是凉得深入,越是浓醇得醉人。

嫩凉初生时,一年里最如锦似绣的色彩正在静默中酝酿,层林也好,水色也罢,都等待着那浓醇醉人的时刻到来。

这是古人用草木染布的好季节。

草木染的历史很早,早到商周时期,人们就已经在做草木染这回事了。

古代染事是繁复而古奥的流程,故而,那时有专门的染官。周的官职中有"染人"之职,也有"染草"之职,秦有染色司,唐宋有染坊,明清有蓝靛厂。

古代凡是染色,春天煮练、曝晒丝帛,夏天染黄赤色和浅黑色,秋天染彩色,冬天进献染好的丝帛成品。

《周礼·天官·染人》中记载：

凡染，春暴练，夏纁玄，秋染夏，冬献功。

郑玄解释说，"染夏者，染五色。谓之夏者，其色以夏狄为饰"。实际上这句话说得还是有点拗口，其实顺序当是如此：夏狄是羽毛五色的野鸡，所以秋染夏的意思就是秋天染五彩。

千百年来用于织物染色的植物染料种类繁多，仅见于文献记载的就有几十种：茜草、红花、苏木、栀子、槐米、蓝草等。所有能想到的、想不到的，都可用来染色，因而有了茶染、洋葱染、莲子壳染、红花染、槐花染……一草一木，皆可成色。成色后，唤作天青、茶褐、藕色、月白、秋香、银红……

一草一木，皆可成色

以前天气晴好的时候,我会在院子里搭一个竹架子,准备好蓝草、苏木、栀子果,随手摘来竹叶和枇杷叶,忙上半天,院子里就是一个小染坊的模样。

枇杷叶可以染出轻红色,竹叶可以染出浅黄绿色,蓝草是蓝色,栀子果染的黄色则艳极了。

染出来最好看的不是棉麻,而是桑蚕丝和带着小麻籽的麻坯布,染好了便可以做成枕套、披帛、茶席,最有趣的还是做成小小的荷花布套和香袋,因为颜色又浅又柔和,细腻得让人心软。

最难染的是绿色。

到这时候,丝瓜也老啦,丝瓜架也该腾空了。没有来得及吃的丝瓜,悬荡在藤架上的,就拍打拍打,把外皮剥掉,剥出一个干净秀气的丝瓜瓢,用来洗澡、洗碗。

也可以把丝瓜叶摘下来染色——一大把丝瓜叶,用一个纱布袋装好,放在锅里或盆里煮开,水会有点淡淡的绿色,把要染的白色丝巾用水浸透以后,一起放在煮丝瓜叶的盆里,一边煮一边用筷子拨开,这过程大概需要大半天,然后把丝巾捞出来,放在白矾水里(准备好一桶水,放白矾或者盐融化,大概一粒黄豆那么多就可以了),浸透大概十分钟,捞出来在背阴处晾干,不要晒太阳。这样阴干以后,秋冬天就有一条带着丝瓜清香的淡绿色的丝巾了。

当然,这个时候可以做的事情不只是染布、剥丝瓜瓢。趁着葡萄快到尾声,做点葡萄酒吧。还有,要看石蒜,也最好趁这时候。

栀子果染的黄色

最难染的是绿色

秋彼岸

天气是凉了。

构树这时已不成气候,零星有红果子挂在枝头。一夏不知其名。后来才知道,这是构树,结的果子也叫假杨梅,能吃。

麦冬不再开花,结了碧色小果,但不能吃。长长的像韭菜一样的叶子,院子里遍地都是。

西山的橘子树也挂了绿果。

路上时常看到一堆堆枯褐色的杂乱物什,疑心是像藏区那样晒牛粪,又疑心是松果,近前看却不是。答案是山栗子和各色山果。也是,这会儿良乡栗子、石湖红菱都正是热闹时候,不过莲子已下市了。

莲子落市以后，白蒲枣和翠冠梨就上来了。

白蒲枣的样子没什么特别，疏疏落落的枝干，结一些硬而小的果实，真的很小，不会比橄榄大，核倒是很大，说不清是什么味道，有点硬而柴，不像后来吃到的红枣那样脆甜。果皮黄黄白白的，有时候带一点红色，我小时候经常吃得到，然而并没有留下甜美的记忆——又柴又硬，哪有松软的红枣子好吃呢？那时我总以为，红枣子生来便是皱巴巴地长在树上，暗红色，表皮皱缩缩的，里面的肉绵软甘甜，当然后来知道了，红枣不是皱缩缩地长在树上的，肉是新鲜的白色且脆甜。

可惜江南没有红枣，只有白蒲枣。

"俚人野语"里写白蒲枣：

> 鲜食的枣子通称"白蒲枣"，苏州以东山出产的最佳，从前顶好的一种叫"白露酥"，要到白露脚边才能采食；常熟也有一种"鸡子枣"，"大于常枣而味胜"。现在，则以三山岛特产的"马眼枣"最出名。这种枣子与东山的其他白蒲枣比，个头小，两头尖，形似马的眼睛；吃口甜，特别是吃到核上，没有一丝清苦。

东山的白露酥没有吃到过。印象中倒是有一年初秋到树山，路边累累的都是白蒲枣，便觉得白蒲枣应当是树山出的。其实树山有名的是翠冠梨。

梨有清热润肺的功能，这个时节多吃点是好的，也可以试着做一锅清甜的四白露：

半个梨、一把杏仁、一朵百合和一袋牛奶,梨切小块,和百合一起搅拌取汁,汁加冰糖、牛奶,一边小火加热一边搅拌,煮开了就可以关火。

　　喝了四白露,秋风愈转愈凉,彼岸花也就一枝一枝地开起来了。

　　彼岸花就是石蒜。农人唤它蟑螂花,文艺青年唤它曼珠沙华。

　　讲真,还从来没有一种花像石蒜这样两极分化:曼珠沙

四白露材料

彼岸花

华被文艺青年甘若蜜糖,蟑螂花被乡间农人厌如砒霜。

也极少有像彼岸花这样生得美的野花。

书院以前有一块荒僻暗湿的三角地带,彼岸花就一枝一枝地开在那里。挺得直直的茎秆,细长玲珑的花片,仿佛哀怨的美人,在静夜里顾影自怜。那块荒僻的地,因了彼岸花,在这时节便妖娆起来。

据说彼岸花在古代叫金灯花,至少唐人就这样叫它了。

段成式在《酉阳杂俎》里说金灯花又叫无义草,说"俗恶人家种之"。宋人看金灯花,是和桃花、茉莉一样作寻常花看的。明清以后，金灯花渐少露面。到现在，估计已经没有多少人知道金灯花这个名字了。最为人所知的就是彼岸花和曼珠沙华这两个名字。

彼岸花这名字从日本传入，和黄泉彼岸有点关联又不是十分关联。日本民间原有春彼岸、秋彼岸之说。春彼岸是春分前后三天，秋彼岸是秋分前后三天，都是上坟的日子。此花开在秋彼岸期间，故唤它彼岸花。

农人不会知道它开在秋彼岸期间。它多是开在荒僻无人迹的地方，被农人嫌弃，也是让人叹息的。

苦夏之后的头一碗欢喜

晚夕从叶家弄过,惊奇地看到有一大树的白花仍在开。以为是丁香。春初的时候就在这里拍过白丁香。今年花事错乱得很,辛夷既已开了两次,丁香或许也会错乱的。

近前看了,原来是白的紫薇。

紫薇的花期本来就长,能从七月开到十月,这不稀罕。不过白的紫薇真是好看啊!是那种冰雪聪明的样子。

地上已有落花,浅浅地铺了一地。

到了这时候,茑萝、牵牛各自零星结子;扁豆顺着藤奋勇爬上天台,结了几茎豆子递到窗前给我看;蓝雪花和月季因为花枝太重累得仆倒在地;牵牛的攀缘棍几度跌折,委屈得只攀自己的茎扭来扭去地生长。

白的紫薇——银薇

日光把花影投在石桌子上，仿佛在构思绝妙之作。

莲蓬也就快要落市。跟着上来的是石湖的水菱、良乡的栗子、树山的白蒲枣，以及那顶有名的南荡的鸡头米。

这时节葑门横街必是一溜剥鸡头米的摊子。

妇人们指上戴一个套子，脚边一个小箩盛满栗黄色如鱼皮花生的颗粒，从中剥取的果仁浑圆雪白，形似薏仁。一年只此一景叫卖鸡头米。新鲜鸡头米不耐久存，买回必须放冰箱冷冻，否则一两天就馊臭。

鸡头米的学名叫芡实。那为什么叫鸡头米呢？看过它刚从池塘中摘取的样子就知道——活像个鸡头。从这"鸡头"里先剥出"鱼皮花生"，再剥出的"薏仁"，才是"鸡头里的米"。

集中剥鸡头米的葑门横街很古，这里，本是古苏州东南面的城门外。

"葑门"的得名由来，有多种说法，其中一种认为，"葑"在古代指茭白的根，"葑门"的得名与茭白有关。这一带本是浩瀚的水田，盛产各种水生蔬菜——茨菰、荸荠、藕、菱、芡实、水芹和茭白。所以这一带的田，叫"葑田"，溪唤"葑溪"，城门唤"葑门"。

葑门的历史十分悠久，始建时间暂不可考，至唐末逐渐湮灭，到宋朝的时候，由范仲淹重开，方便城内外百姓往来，由是，逐渐自然形成了一个墟集似的城中城。到明清时候，葑门横街已经很热闹了：前街后河，熙来攘往——如今还是这样。

鸡头米

  葑门横街应该就和山塘街改造前的样子差不多吧。据说，这是最后一条保留着老苏州人旧式生活的老街。寻常日子，烟火滋味，在窄小得摩肩接踵的金山石路上走一遭，眼前掠过老扁头水产店、苏太肉专卖店、张记大饼店……苏州人的柴米油盐酱醋茶，便再也清楚不过。

  它不风雅，却接地气。

  苦夏，将要过去了，且吃一碗清秋的姑苏鸡头米：

先将清水烧开,加入少少冰糖,待冰糖溶化,放入鸡头米,水开,冒一会儿泡,立即熄火,盛起冷却。

白瓷碗里,清淡的汤羹散发出一派莲塘里才会有的水气和清香。再撒两把去年攒下的糖桂花。这是苦夏之后,头一碗盛给自己的欢喜。

苦夏之后的头一碗欢喜

白露生

江南多水，多桥。

此时若扳着桥上的青石板下望，眼前是一派秋水明净，凛冽生寒，正是"秋色连波，波上寒烟翠"。

这是一年中物产盛饶之时，红的黄的果子一齐上市。水红菱在遮天蔽地的叶子底下密密浮动。在田野中搜寻秋碧蒿时，多见是嫩绿的，细细棵，约有巴掌那样长短。

有点想念书院那几年的时光。满满一条环着的河里全是嫩生生的水红菱，半塘里则是青菱——半塘是一个很小很小的塘，因为小，给它取了这个名字，但它并不怠惰，春季会贡献水芹，夏秋会贡献小龙虾和青菱，还有人在半塘里捞到过鱼。

夹竹桃已开了很久，还是开着，落着。

秋水明净

白花夹竹桃

粉红淡白，夹风夹尘簌簌地落下来。路边的花总是这样，不幸它做了这城中街道两边的点缀，那么矮——不像玉兰能高高地出离尘埃——灰尘尾尘，一概不拒。每天这样走过，路过，看它落在桥上、地上。

官太尉河两岸算是干净的，落在地上的花瓣，竟然不太脏。

这会儿花本来就少，一大半还在赶来的路上，菊未黄，木芙蓉未开。桂花虽正当时，几宵雨一过，便难说得很了。夹竹桃简直就是在救场。

是秋露生的时节了。

古琴里有一种泛音，弹的时候，只能用手指轻轻点一下弦。

这个点一下，非常微妙。点得早了，无用；点得晚了，声音就老；点错位置，更是呕哑难听。

圆熟的琴师弹泛音，空灵，清澈。

《良宵引》的起头便有这样的泛音。一支很小的曲子，却是吴门和虞山琴人必弹的。《松弦馆琴谱》上说，它问世于隋代，盛行于明朝，代代相传，不曾失落。琅然一声，琴音起来了，在安静的秋夜，正如山中月下一滴初秋的白露，不染一些儿尘滓。

李时珍的《本草纲目》里说，饮露可以长寿：

> 秋露繁时，以盘收取，煎如饴，令人延年不饥。

秋露生

>　　百草头上秋露，未晞时收取，愈百疾，止消渴，令人身轻不饥，肌肉悦泽。
>
>　　百花上露，令人好颜色。

他还说，更有一种甘露，饮了可以成仙……

传说里，"甘露"是"神露之精"，其凝如脂，其味甘美，和着玉屑就是一杯"神仙水"，饮之就能直接羽化了。

但甘露这种东西，向来极难得，汉武帝曾在少壮之年铸了十二个金铜仙人，有二十七丈高，以掌擎承露盘，就是为了喝到这杯"神仙水"。可惜直到他老死了也没有等来。

汉武帝之后三百多年，景初元年（237）的八月，魏明帝不知为何想起还有这么一些金铜仙人，就派人驱车千里去拆了来供在前殿。李贺《金铜仙人辞汉歌》里说：仙人临载，乃潸然泪下，"忆君清泪如铅水"。他叹息道："天若有情天亦老。"

诗人们的满怀叹息，大抵都从秋日起。

这是传说里吃莼菜羹和鲈鱼脍的日子，是将要菊黄蟹肥的日子。也是秋月初上的日子。

天宝二年（743）的秋天，李白四十三岁，在长安做翰林院供奉已经一年。这年他写出了《玉阶怨》：

>　　玉阶生白露，夜久侵罗袜。却下水晶帘，玲珑望秋月。

像是惆怅的美人，无限心事说不得。

唐玄宗在给了他暖春般的倾心爱悦、盛夏般的荣耀恩宠之后,便如这初秋的嫩凉天气,说冷,又热,直是说不出的玄妙。

但李白仍在长安徘徊观望。

等待是摧人心肝的。

在写了《妾薄命》《夜坐吟》《行路难》之后,第二年的春天李白上书请还,而玄宗默契地赐金放归。

不久,离开长安的李白写了更摧人心肝的《长相思》:

> 络纬秋啼金井阑,微霜凄凄簟色寒。孤灯不明思欲绝,卷帷望月空长叹。

那是后来,是微霜凄凄的更冷的时节了。

欲买桂花同载酒

紫薇花已谢了。桂花满城尽着开,拗一枝来看,米粒大的花,远看不显眼,近看却也细巧,淡淡的香,挺好。

以前仿佛听人说起,在我们门口摘过桂花,留意过几回,只觉得纳罕,门右边只一排紫薇,何来的桂花哪?找了几年才发现,大门左前方有个十来步的距离果然有一株,竟然从来没有注意过。

桂树没有开花的时候,只是一棵普通的、长着革质油亮叶子的树。既不高,也不矮,默默地站着。

桂花开时,已近中秋。

写桂花的句子里,我独爱刘过的《唐多令》:

芦叶满汀洲,寒沙带浅流。二十年、重过南楼。柳下系船犹未稳,能几日,又中秋。　黄鹤断矶头,故人曾到不。旧江山、浑是新愁。欲买桂花同载酒,终不似,少年游。

很少有人把姜夔《翠楼吟》与刘过《唐多令》联系起来。

南宋淳熙十三年(1186),武昌安远楼建成,亦称南楼。姜夔自度《翠楼吟》记下此事。十年以后的1196年,姜夔补写了小序:

淳熙丙午冬,武昌安远楼成,与刘去非诸友落之,度曲见志。予去武昌十年,故人有泊舟鹦鹉洲者,闻小姬歌此词,问之,颇能道其事。还吴,为予言之。兴怀昔游,且伤今之离索也。

又过十年,近中秋时,刘过重登南楼,写下上面这首《唐多令》。

二十年前一起登楼的,二十年后,有的仍然一起登楼,比如刘去非;也总有些故人,不再相见——想来只有桂花,依然如故。

中国的桂树很早,至少2500年前就有了。

为什么叫"桂"呢,有一种说法是这样的:你仔细去看,会发现桂叶叶脉呈现"圭"状,加木字旁就成了"桂"。桂花还有个名字叫木犀,因为木材的纹理像犀牛的角。是木犀,不是木樨。

桂花是苏州的市花。苏州园林里如今也还留有许多赏桂廊轩,譬如留园的"闻木犀香轩",网师园的"小山丛桂轩",

桂花是苏州的市花*

耦园的"犀廊"。虎丘山上也有大片的桂花树，一到中秋前后，那种若有若无的清香，总是漫山遍野地徘徊。

不记得是谁说过，说一物不能兼二美，艳丽的花，便不够馥郁；香气浓郁的花，便不够好看。

桂树的花极小，像米粒似的一丛丛散布在叶子里，若仔细把玩，算得上灿然精致，但远远看去，也实在说不上好看。

但酿桂花，让人倾心。

> 此生与桂花，实在说不上一见倾心。可四年的校园生活里，这两棵老桂到了着花时节，便会暗暗布阵，俘虏一颗涣散的心。所以每年的夏暮秋初，我逃学的次数总是格外地多。逃学却也不为他事，只是拿一枝竹篙打桂花酿糖罢了。

——这是多少年前，阿福的手记。

酿桂花是极平易近人的——拿竹篙打下来以后，稍稍拣择清洗，把盐和桂花拌均匀，拿一个干净罐子，一层桂花、一层糖、一层桂花、一层糖，待白糖溶化，酿桂花就做好了。

关于酿桂花，吴江七都人有一个"秘方"——把长枳汁满满地浇在装有桂花的盆里，让桂花淹没，就能长留桂花的香气和色泽。

枳是一种果子，长得像青桔，皮厚，汁酸，并不好吃，亦无他用，仿佛它生来便是为了陪衬桂花的。

桂花并非只有酿糖这点本事。

桂花近看也细巧

爱玩的宋人知道把绿茶与桂花做成茶;也知道把桂花蒸过晾干,"以古鼎然之",炮制清雅的桂花香;还知道和米舂粉做成广寒糕。林洪的《山家清供》就记载了广寒糕的做法:

> 采桂英,去青蒂,洒以甘草水,和米舂粉,炊作糕,大比岁,士友咸作饼子相馈,取"广寒高甲"之谶。又有采花略蒸、曝干作香者,吟边酒里,以古鼎然之,尤有清意。

宋代最流行的"香发木犀油"(也就是"桂花油"),也是

用桂花。关于桂花油的制作工序,宋人陈敬的《陈氏香谱》卷三"香发木犀油"一条有详细记载:

> 凌晨摘木犀花半开者,拣去茎蒂,令净。高量一斗,取清麻油一斤,轻手拌匀,捺瓷器中。厚以油纸密封罐口,坐于釜内,以重汤煮一饷久,取出,安顿稳燥处。十日后倾出,以手沘其清液,收之。最要封闭最密,久而愈香。如此油匀入黄蜡,为面脂,馨香也。

只是有点复杂,我试过,没有做成。

还有一个制作桂花稠酒的方子,我看了也稍觉复杂,没有试。说是桂花稠酒,其实主要是米酒。饮时酒汁中放冰糖,蜂蜜,加桂花,加热烧开,风味殊不错。

桂花开时,总在中秋左右。仿佛人生,已行到中年。

三十多年前有一部连续剧叫《八月桂花香》,主题歌《尘缘》的歌词,不知还有多少人有印象:

> 尘缘如梦,几番起伏总不平。
> 到如今、都成烟云。
> ……

真的,便买桂花同载酒,终不似,少年游。

笑拈秋色上衣襟

南国，正清秋

　　一场雨过，竟把桂花都打没了。

　　偶尔看一眼门口的两株桂树，原来累累的花枝，已经只剩下青叶子。想是几场雨下来，都已残了。

　　今年桂花开得早。

　　隔壁一株两丈高的桂树，整天郁郁勃勃地散着香气。每到这时候，我们就会说：真想要一株桂花树呀！

　　可是我们的院子小，枇杷树又像一把大伞似的把阳光都罩住了，我量来量去，总是量不出地方来种桂花和梅花。

　　不想前几日买菊花的时候，恰好看见了三株小金桂，虽然小，像小金子似的桂花却开了很多，闪闪地在那里发光。我们禁不住招，就买了一株回来。左看右看，在绣球旁边挖了个坑，把小金桂种了进去——你看办法都是人想出来的。

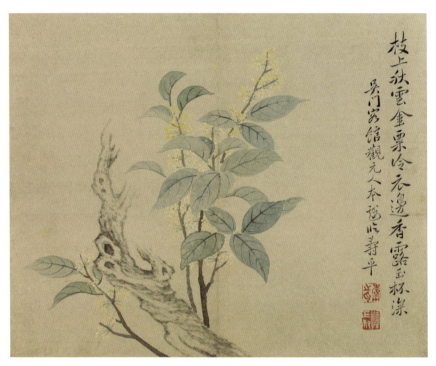

清　恽寿平　花卉图册·桂花

　　我们买菊花是为了配蟹吃。想着晴好的日子里，在菊花旁边开一桌蟹席，再开了青梅酒、葡萄酒、桃花酒、桂花酒，十几人团团坐定剥蟹……

　　当然，这季节，除了蟹，还有鲈鱼脍和莼菜羹，都是很好吃的，好吃到公务员为它辞了职。

　　公元302年秋天，已经做到齐王东曹掾的张翰，忽然做了一个重要的决定：天气这么好，我要回苏州吃鲈鱼脍、喝莼菜羹去！

> 秋风起兮木叶飞,吴江水兮鲈正肥。
> 三千里兮家未归,恨难禁兮仰天悲。
>
> ——张翰《思吴江歌》

张翰生于吴郡吴县,道地的苏州人。他说走就走,挥挥衣袖就回了江南。不久以后,齐王兵败,张翰竟因此捡得性命。

《世说新语》里有一段绘声绘色的马后炮描述:

> 张季鹰辟齐王东曹掾,在洛,见秋风起,因思吴中菰菜羹、鲈鱼脍,曰:"人生贵得适意尔,何能羁宦数千里以要名爵?"遂命驾便归。俄而齐王败,时人皆谓为见机。

不知他"命驾便归"时,吴郡的桂花开得怎样。

桂花的花季,说短也短。落了,倒也省事。

每年的桂花季,我都是抓狂的。因为桂花太不易保存——头一天还是鲜嫩带露的花骨朵,第二天已经神情委顿、半入中年,到得晚上大势都去矣。

每年都是在"怎么办怎么办怎么办"的焦虑中,想着"啊,桂花油要做"、"啊,要做花酱了"、"啊,合香方怎么办"、"啊,还想做藕粉桂糖糕"……

旁的也罢了,这藕粉桂糖糕是《红楼梦》第四十一回史太君两宴大观园时,两样新奇的点心之一:

> 只见丫鬟们来请用点心。贾母道:"吃了两杯酒,倒也不饿。也罢,就拿了这里来,大家随便吃些罢。"丫鬟便去抬了

干桂花

两张几来,又端了两个小捧盒。揭开看时,每个盒内两样。这盒内一样是藕粉桂糖糕,一样是松瓤鹅油卷。

光听名字就觉得好吃。可惜这是小说家言,我从来没有吃过。

据说藕粉桂糖糕可以这样做:藕粉和糯米粉加水或牛奶搅拌均匀,加适量白糖、糖桂花,倒入模具,上笼蒸熟,放凉后切出自己喜欢的形状即可。吃的时候可以再刷一层糖桂花。

桂花季要做的东西太多,结果就总是浪费掉一些。

还好今年,我大刀阔斧地做了一个决定:快速地把刚到手的桂花做成了木犀清露、木犀酒和木犀酱,剩下一小撮则小火慢炒至收干水分,颜色还是嫩嫩的金黄,清气袭人,收在了小瓶子里。一点都不浪费。

过几天去看,酒已经浸出黄澄澄的颜色来了。罐子中的桂花也在枇杷蜜里载沉载浮。

这几年也做过桂花茶,只是没有用西湖龙井和满陇桂花,近便取了姑苏城内的木犀和洞庭西山的碧螺春。

做法是这样的:生石灰用来吸潮,用牛皮纸包好垫在紫砂茶缸底部。用个竹耙子把碧螺春和干桂花拌匀,然后用牛皮纸包好,一层层放在石灰包上面。最后盖子盖好,茶缸放在阴凉通风的地方。大概静置一个月左右,就可以取出来冲泡了。

桂花碧螺春

茶缸放在阴凉通风的地方

清秋的滋味

六七十摄氏度的水温,60秒出汤(30秒太嫩,120秒略涩),桂花一朵朵地全部打开了,入口甘香,且噙一口在舌尖慢慢转圈。

南国,正清秋。

这便是南国清秋的滋味啊。

采得黄花作枕囊

秋深,渐渐早晚有了霜,日头也淡薄下去。

栗子早就上市了,柿子也红了,蟹脚正痒,羊肉也上来了——深秋的千万种盛况,竟都归到"吃"字上。比起古人的"山深岁晚,素心才表",真是何等惭愧哪!

说起来,"山深"真是最能感觉"岁晚"的。

有一年的霜降,在小龙山下的太湖边住着。我们给一座空洞无有的石屋挂了块"琴庐"的匾,又给一个很小的水塘取名叫"半塘"。

有一天早上起得早,走过半塘的时候,照例看见半塘边横着的石碑上,斑驳露出"嘉庆拾陆年玖月十四日"字样,又看见厚厚一层霜,是白的,覆在塘周边的草地上。

霜是什么,那一年我才算真正晓得。

那个地方,我们原本是想建一个耕与读的书院,可惜后来没有成功。所以,很多的过往就成了回忆。比如这个时候挂了果的野花椒,是好看的嫩紫红色;比如经霜还傻蹲在地里的野南瓜,煮来吃粉粉的;比如秋后开始生长的野葱,炒肉丝那真是太香啦。

还有芦苇。
霜下,芦苇就老了。岸上望去,白苍苍的一片。
那几年我在太湖和城区之间频繁往还,秋深时常常带把剪刀去折湖岸的芦苇,只因为少年时候,听过"蒹葭苍苍,白露为霜""折芦花赠远,零落一身秋"等句子。

蒹葭苍苍*

蒹葭就是芦苇。蒹是没有长穗的芦苇,葭是初生的芦苇。

但我们所沉迷的芦花,却不是芦苇的花,而是芦苇果实上着生的绒毛,随着秋深果实成熟而飘扬四飞。

"零落一身秋。"这是张炎《八声甘州》里的一句。

　　记玉关、踏雪事清游,寒气脆貂裘。傍枯林古道,长河饮马,此意悠悠。短梦依然江表,老泪洒西州。一字无题处,落叶都愁。　　载取白云归去,问谁留楚佩,弄影中洲?折芦花赠远,零落一身秋。向寻常、野桥流水,待招来、不是旧沙鸥。空怀感,有斜阳处,却怕登楼。

张炎是南宋中兴四将张俊将军之后。南宋亡后很长一段

芦花*

时间，张炎都在北上求仕和南归隐居的痛苦选择里挣扎。

元至元二十七年（1290），张炎和友人曾心传、沈尧道应召至大都写金字《藏经》。这年张炎四十三岁，距南宋最后一搏的崖山之役已有十二年。

写经的第二年，张炎从大都回到南方，后来再未北上，终老于越州。

古越州湿地的芦花，每年都于秋风中瑟瑟飘雪，一定给了张炎极深的印象。

如今的苏州城南沿太湖两岸，一直到东山、西山，都丛生有大片的芦苇，不过印象中只觉得黄苍苍，似乎没见过白茫茫的时候。

霜下，芦苇飘雪，菊亦有黄华。

菊花我也是种的。我立志要种出"那一边设着斗大的一个汝窑花囊，插着满满的一囊水晶球儿的白菊"，可惜种得不好，时常需要"勤换花"。胜在有毅力，常换常新，所以我的花儿们，时常需要向隔壁邻居点头打招呼说："你好，我是新来的……"

种菊花着实不易，远不如研究它的名字来得有趣。

清人富察敦崇的《燕京岁时记》引《日下旧闻考》，列了133种菊花名字，有蜜连环、银红针、桃花扇、方金印、老君眉、西施晓妆、潇湘妃子、鹅翎管、米金管、灯草管、紫虎须、灰鹤翅、平沙落雁……你能想象吗，竟还有《平沙落雁》《玉楼春晓》两支古琴曲名。

我初时看到，真是目瞪口呆。古人喜欢一样物事的方式大概就是来得这么任性吧。

菊花的香和很多花香都不同，是一种寒冽而清苦的气味，可以拿来入香、做花露、泡酒。我用菊花做过花露，也用来泡过酒，都有一丝丝的清冷。

但菊花最好的去处，大概还是做枕囊。

"采得黄花作枕囊"。这时节是正合宜的。

南宋诗人林亦之说，自己闭门啃书二十年，常常秉烛夜读，弄得老眼昏花，不辨虫鱼。后来睡菊花枕，居然又能读蝇头小字了。因此，他作《菊花枕子歌》曰：

> 故人所说菊花枕，似把冰丸月下饮。
> 秋水一双明炯炯，数在青囊第一品。
> 狂风江上吹兼葭，此物往往得之嵇康阮籍家。
> ············
> 乃知妙物通群仙，一切药囊应弃捐。

同时代的陆游，也喜欢在秋天采菊缝枕，他的《老态》诗里说："头风便菊枕，足痹倚藜床。"六十三岁那年，有人送来菊花缝制的枕囊，他触物伤怀，写了两首诗，题为《余年二十时，尝作〈菊枕诗〉，颇传于人。今秋偶复采菊缝枕囊，凄然有感》：

> 采得黄花作枕囊，曲屏深幌闷幽香。
> 唤回四十三年梦，灯暗无人说断肠。

菊花酒与菊花清露

少日曾题菊枕诗,蠹篇残稿锁蛛丝。
人间万事消磨尽,只有清香似旧时。

菊花枕这种药枕,大概起源于古人枕香草的风俗。这种风俗由来已久,南朝梁元帝就谈起过"泰山之药,既使延龄;长生之枕,能令益寿";《红楼梦》六十三回《寿怡红群芳开夜宴》里也提到过花药枕:"宝玉只穿着大红棉纱小袄子,下面绿绫弹墨裌裤,散着裤脚,倚着一个各色玫瑰芍药花瓣装的玉色夹纱新枕头,和芳官两个先划拳。"

菊花枕做起来不难。

取轻薄透气的布裁成长方形,三面缝合,做成个长方的布袋子,取晒干了的白菊花、绿豆皮、荞麦皮、桑叶和决明子等装进去,再放点儿薰衣草,非常的香。

缝合了最后一面以后,外面再做个袋子。外面这个袋子,我喜欢用草木染的麻籽布来做,麻籽布可以用洋葱皮染成黄色、葡萄皮染成紫色、竹叶染成淡绿、枇杷叶染成浅红、蓝草染成深蓝,都会有淡淡的好闻的草木香气。

只是要注意,白菊不是野菊花,野菊性凉,不适合作药枕,不要随意把山路上采的野菊晒干了装进去。《本草》中并无野菊花做枕的记录,适合做药枕的是黄菊或白菊。

这样做好的菊花枕,大概总可以用个半年左右。

如此,在从秋往冬的夜里亦有隐约的菊花香,清苦又冷冽。

晒干的菊花、绿豆皮、薰衣草和荞麦皮

做好的菊花枕

待晚先烧柏子香

路过水塘边,荷叶还没有凋尽,尚奋力擎起,硕大若小伞,只是水色滟滟生寒,倒映着残叶残枝,多少有些清冷。

到了这时节,莲蓬也就摧枯拉朽,大半残败,从以前的翠绿褪成深褐,兀自垂首。

去年听说东园的莲蓬、荷叶都捞上来了堆在岸边,赶着去捡了一些,用一张破荷叶兜着。长梗的莲蓬很少很少,基本都是莲蓬头,有小孩面庞那么大……莲蓬头可以当壶置,不过,梗长些更好。

因为是自然枯败的,莲房很大,莲子都从里面滚了出来。今年把滚出来的莲子磨了磨浸在清水里,意外的是竟然发芽了。更意外的是,后来我不知道把这粒发芽的莲子藏到哪里去了。我本来打算用它养一缸荷花出来的。

荷叶还没有凋尽

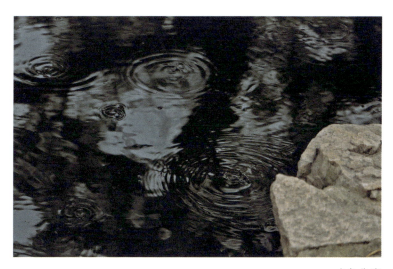

水色生寒

我还是喜欢小一些的莲蓬头。得小的时候就连长梗截下,晾干。和新开的芦花插在一个大画缸里,正好应景。

义山说"秋阴不散霜飞晚,留得枯荷听雨声",大抵也就在这时候吧。

不是自家院子,枯荷听雨,是件难事。

这时候去山上是最好的时节。

山上一年四季皆好,但最妙的还是秋山。

郭熙曾说,"秋山明净摇落,人肃肃"。真的。整个天地都澄澈,明净,草木的清香散在微凉的风里,树叶轻盈地落下来,沙沙作响。

若能时不时山居,实在妙极。

眼前就有这理想的山居:依山上下的房子,推开窗看得到友人从山下走上来,青石板路上一派乱生的绿苔。桂子落下来,满书卷都是暗香。

真让人向往。

可惜这清幽灵秀的山居,不是我的,是范仲淹的——整座天平山全是范仲淹的。

范仲淹与天平山的缘分曲折而微妙。

据史料记载,范氏之先始居河南,后徙长安,因为唐末兵乱,范氏高祖范隋举家定居苏州吴县。后来范仲淹的曾祖范梦龄、祖父范赞时、父亲范墉三代都居住于吴县。再后来范墉随吴越王钱俶归宋,病卒后,范仲淹便跟着母亲回到天平山,

最妙是秋山

待晚先烧柏子香

葬父，定居。年纪稍长，他又离开天平山，四处求学闯荡，最后在士林中有了无比的荣耀。

宋庆历四年（1044），宋仁宗把整座天平山，赐给了这个集能吏、良将、忠臣、孝子、诗人、君子于一身的完人，因此天平山又名赐山。

天平山的枫叶很有名。

明万历年间，范仲淹第十七世孙、时任福建布政使司右参议的范允临弃官回到苏州，随他同归的还有三百八十棵枫香树苗。从此每到深秋，整座天平山便会被浅绛、金黄、橘黄、橙红诸色笼罩，好似五彩锦绣，灼人眼目。

天平山早先有个正门，唤作童梓门，如今已废弃了，少有人知道。我们有时候看枫叶，想要清静些，就从这里上山。

顺石阶上行，可到山顶的天云寺，天云寺是沿山筑墙的，想来寺里的人推开窗即可瞧见绵叠的远山，以及满山的枫叶。

这时候站在天云寺旁往山下看，枫叶隐约现着一半儿红，大半还是青的。到全红，还得过一阵子。

枫红的时节一直不太好把准的。

却喜这时柏子已生了，捡些柏子回去也好。

柏子，就是侧柏的果实。宋人爱烧柏子香。

简单的法子，是把"带青色、未开破"的新鲜柏子采集

天平山的红叶

来,隔火熏烤便好。

复杂些的,是用沸水焯一下,然后浸在酒里,密封七天后取出,放在阴凉处晾干。熏烧的时候,烧好小炭饼,埋入香灰,灰面上安放隔火片,炮制好的柏子散置于隔火片上,徐徐催热。

这样的柏子香,自有一种山林的清简与野逸。

制好的柏子香

且食秋

见菊花就入了深秋,入了深秋就陡地寒了。

有时候晚一点回去,领子都要竖起来才好。一个半夜,岔了道,停下来细想,这是哪里——前后皆是笔直的路,路中间的树叶被风吹过,撒气似地散下来,路灯照得那些叶子都似黄金,但轻飘飘的,一点没所谓地散开。

树们都快落完叶子了,梧桐的空枝已被砍伐过半,剩下的空秃秃地刺向天空。

秋风吹尽旧庭柯,今宵寒较昨宵多哪。

旧年这时候,都会走一趟灵白线。

灵白线上一路都是金光菊,这种鲜黄的、长梗单枝的花,还就要这么荒山野岭,没遮没挡地到处蔓延才好看。

金樱子也成熟了。

金樱子是童年时的野果。成熟后像个金黄的纺锤,两头尖尖的,中间鼓起来,红褐金黄的皮,上面有很多倒钩形的尖刺,熟了以后会变软,一根根枯黄地竖在那里,得把这些刺磨一磨,不然不能入口。咬开以后里面一包籽,吃不得,可以吃的其实只是外面那层看来蜜丝丝的皮,能像嚼甘蔗一样嚼来吃,很甜。

据说金樱子就是刺梨。因其形似大腹小口的罂,故名金樱子;又因有刺,故又称为刺梨。我没有具体去考证过,但童年时常吃,能吃是肯定的。还有人拿它来泡酒,据说味道不错,颜色也好,像琥珀。

风正从北方来,徐徐推进,把野果和树木的叶子撕掳至各个角落。

金樱子

《黄帝内经》里讲，此时要早卧晚起，食补也可以开始了。

正好，羊肉锅可以吃上了。

林洪《山家清供》有"山煮羊"一条：将羊肉洗净切成大块，置砂锅内，水淹没肉，除了放入葱、花椒这些寻常路数外，他自有一秘法：加入敲碎的杏仁数枚，明火煮到羊骨酥烂。

煮羊肉是有讲究的，煮得好的，说不定可以青云直上呢。《后汉书·刘玄传》里说，当时所授官爵，多"群小贾竖"，有的贵人家的厨子因为做菜得了官："灶下养，中郎将；烂羊胃，骑都尉；烂羊头，关内侯。"

林洪因此戏谑自语：如果在汉时，凭借这一秘法，封关内侯也不算什么！

林洪不但懂得拿杏仁来煮羊肉，更神奇的是用羊汁来煮栗子。

栗子是可以吃很久的。苏州有桂花栗子，从桂花未开到枝上没有一星桂花，栗子香可以稳稳地从夏末游荡到秋冬。

十全街北段有一家良乡桂花栗子尤其好吃，栗子买到了，捧在手里热乎乎的，咬开完整的果肉，又香又糯又烫，使人有一种幻觉——至少今日是颇可以心满意足了。

古人吃栗可要比我们认真得多。

《山家清供》载有吃栗之法数条。

一谓雷公栗。取一堆栗子在铁铫内烤，烤的时候，会爆响如雷。

栗子*

夜炉书倦，每欲煨栗，必虑其烧毡之患。一日，马北塵（逢辰）曰："只用一栗醮油，一栗醮水，置铁铫内，以四十七栗密覆其上，用炭火燃之，候雷声为度。"偶一日同饮，试之果然，且胜于砂炒者。虽不及数亦可矣。

二谓梅花脯。把山栗和橄榄切得薄薄的同吃，据说能吃出梅花味来。

山栗、橄榄，薄切同食，有梅花风韵，因名"梅花脯"。

第三种吃法，金玉羹。拿羊汁和山药、栗子肉同煮，山药色白如玉，板栗色黄似金，羊汁软熟如羹，故以名之。

　　　　山药与栗各片截，以羊汁加料煮，名"金玉羹"。

　　这几种吃法，都是可以长夜偎炉，一手捧书，自得其乐的。

　　如今关内侯也罢，雷公栗、梅花脯、金玉羹也罢，都渺无可寻。

　　我时常觉得，古人做什么，都仿佛比我们认真些。这种认真，有时候我也想学学。

　　寻思起来，梅花脯和金玉羹略为难，只有雷公栗可以仿效：我有一个粗陶的烤茶器，底下点蜡烛，上面像一对倒覆的碗，刚好可以像"雷公栗"里说的那样把栗子覆在里面。头一天吃不完的栗子冷了以后，放在烤茶器里，用蜡烛煨着，虽不能爆响如雷，也能煨到烫手，再抓一把干桂花像烤茶似地同烤，很香。

　　如是长夜，三两好友在桂花香里剥栗子，喝一点金樱子泡的酒，似乎也不输与古人了。

且食秋

柿子和蟹

霜降后,柿子是常见的水果。红艳艳的堆在盘子中,在这萧寒的节气里,散着孜孜的暖意。

这种皮薄如纸、果肉红如火的柿子,大概是《长安十二时辰》里张小敬爱吃的火晶柿子,鲜吃软润如蜜,晒干了做柿饼,在没有零嘴儿的冬天,是介于蜜饯和点心之间的小欢喜。

从前的冬天是要晒柿饼的。但我忘记怎么晒了,大概是因为不喜欢——我爱吃另一种方底柿,皮是青的,始终不会变红,没熟的时候涩得厉害,熟透了,果肉呈浅橙色,脆脆的,比绵软的红柿子有嚼劲。

似乎赵孟頫也爱吃这种方底柿,他女儿赵由皙写过一封《与贤夫官人札》,要夫君给父亲挑一些顶好的方底柿寄去。

方顶柿望拣好大者发来,为丈人要吃,千万介意发来。

赵孟頫是湖州人。

如此说来,红柿子和青柿子在江南应该都算常见,但我却很少看见柿子树。

有一年,在川西见过柿子树。

北方的秋天常格外带有萧飒的气息。本不算太冷的季节,因靠近贡嘎雪山,山郊的民居在暮色中也透出苍冷来。

这苍冷是青黑色的。但是青黑里却闪出一抹金黄。这是柿子树,在人家圈起的院子里,它笔直地戳向天际,清瘦的枝丫间像灯笼似的挂着几个艳黄柿果。

柿子很常见

城区里的柿子树就没这般气势。前时才发现，路拐角有一株柿子树，在院子的很里面，被好几重屋檐遮掩着，寻常不容易看见——若不是枝头像小灯笼似的挂了艳红的柿子，我都不知道苏州竟然还有柿子树的。

柿子生得这样热情火辣，性子却是寒的，不可多吃。

蟹也是性寒，也是不可多吃的。江南人家吃蟹，会热热地烫一壶黄酒，酒里有切得细细的姜丝，这样方能卸了蟹的寒性。

这时节吃的，都是大闸蟹。

似乎也没有人去想过为什么是"大闸蟹"——据说民国作家包天笑解释过："凡捕蟹者，他们在港湾间，必设一闸，以竹编成。夜来隔闸，置一灯火，蟹见火光，即爬上竹闸，即在闸上一一捕之，甚为便捷，之是闸蟹之名所由来了。"竹闸就是竹簖，用竹枝或苇秆编成，簖上捉到的蟹因之被称为簖蟹或闸蟹，苏州有阳澄湖大闸蟹，大概就是这么来的。泰州的溱湖簖蟹，我从前不明白，好生奇怪"簖"字，如此一说，也明白了。

蟹太寒，我吃得不多，故而有时候会"蒸"一笼月饼蟹来吃，只是好玩。

柿子和螃蟹都是可以入画的。

南宋画僧牧溪有一幅画，画了六个柿子。僧雪峤说：这僧笔尖上具眼。

这柿子自然各有各的爱法。不爱牧溪的人，只觉粗陋无

月饼蟹

牧溪画的柿子

古法,这是一堆什么既不雅又没意思的东西?爱牧溪的人,自爱他的平淡天真,爱他的俗到随意。

画《澥索图》的沈周一样平淡天真。

澥索就是螃蟹。大概因为螃蟹爬的时候,有澥澥索索的响动。

> 澥澥索索,还用草缚。不敢横行,沙水夜落。

这蟹撇嘴立目的,像是在发愁,让人看了觉得可可爱爱。

沈周是苏州人,他的有竹居就在阳澄湖附近。

二千年前,爱食蟹的狂士毕卓说:

柿子和蟹

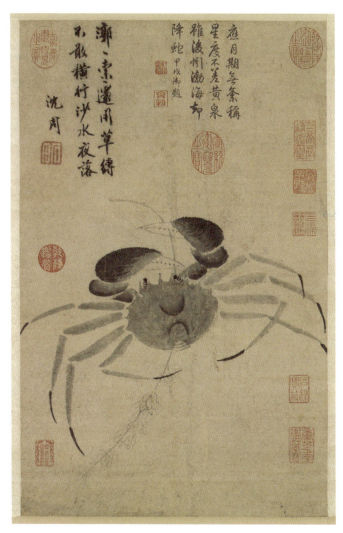

明　沈周　溿索图

　　　　右手持酒杯，左手持蟹螯，拍浮酒船中，便足了一生矣。

　　毕卓那时一定是相当年轻的。

　　年纪稍长，便不想那么清狂，只想着晴好的日子里，水边捡几枝芦苇，山里摘几片黄叶。

　　不记得在哪里看到过，说叶子落的时候，有人捡了堆在屋子里，以后慢慢地用来写字。

　　很多叶子大而且平，大概真可以用来写字。若是落了的叶子小而且精致，那就……就用来做花草笺吧。

　　古人造纸，先把破竹子、烂布头、碎树皮等沤烂了，捶打成纸浆，加水稀释以后捞起晾干，晒成纸张。

　　但是沤烂捶打的古法我不会，若会，估计也没有那么大力气。不过，取现成的纸浆来做独一份的花草笺，也很有趣。

　　造花草笺要用到干花草和捞纸帘。

　　步骤是这样的：

　　首先，把纸浆撕碎、加水、大力搅碎，成一锅微微混浊、淡白色的纸浆糊糊。

　　然后，捞纸帘沉到纸浆糊糊里，平端着出水，让纸浆在捞纸帘上交织成薄片状的湿纸。

　　其次，在湿纸上撒上喜欢的干花、干叶子，再在上面薄薄地浇一层纸浆糊糊。

　　最后，自然晒干或晾干就好了，揭下，就是一张花草笺。

　　如果想要用来写字的，那就少放些花草，或者不放，素素

精制花草笺

的也好。一张一张做得了,缝好,便是个笺本。

在以后越来越冷的晚间,就这样在自己做的笺本上写些字,记些话,也挺好。

时节正宜霜

木芙蓉是种奇怪的花。花开两色,一红一白。

《长物志》里说:"芙蓉宜植池岸,临水为佳。"所以官太尉河两岸都有。打盛家带或望星桥南塃走过时,我总想着傍晚揣个剪子剪一朵下来也不要紧吧?毕竟这么多呢。

剪一朵下来搁在竹编篮子里一定很好看。这么大的像脸一样饱硕丰盛的花,格外有种中式的美。

结果自然是一朵也没有剪成。

大概霜后开的花都格外有一种凛冽的气势,使人却步。它的别名也凛冽,唤作"拒霜"。

东坡先生觉得这名字不足以衬托它的凛冽,作诗道:

　　唤作拒霜知未称,看来却是最宜霜。

木芙蓉花开两色

木芙蓉不但宜霜,也宜染色。

据说薛涛用木芙蓉的皮合着木芙蓉的汁、浣花溪的水制成浣花笺,与元稹、白居易、杜牧、刘禹锡等写诗唱和。孟昶则用木芙蓉的鲜花捣汁为浆,染丝作帐,唤作芙蓉帐。

木芙蓉染色不知道是什么色,因为不敢剪,至今也没有染过。

木芙蓉开了,树们就要大规模地落叶和长果子了。

有些树长果子,绿油油地垂在叶子渐次凋尽的枝头,像是野葡萄似的。还有一些树的果子从高处滚落,满地都是。比如楝树。楝树到了秋冬时,连枝节也不禁风吹,一碰即落,像是顶无用的杂树。但是它生楝果啊。

楝果球形或椭圆形，形似小铃，熟时色黄，又称"金铃子"，可以捡来泡在水里，会搓出像肥皂水一样的泡沫，能净手、去污，当然去污能力不是很强，比皂角、无患子还弱一些。

我们以前在小龙山的时候经常去捡。还捡野枸杞，捡苍耳子，捡野葱，捡野的何首乌……总之一入了秋冬，就觉得满山满地都是宝藏啊。

秋山吾所爱，也是画师所爱。

黄公望一生就画过很多秋山图。

六百多年前，大概也是这时候，年逾七十的黄公望画成《天池石壁图》，跋文上写着"至正元年十月大痴道人为性之作天池石壁图"，大概是一个叫性之的人请他画的。大痴，是黄公望吃官司出狱后常用的号。

这画比《富春山居图》要早得多。事实上，也是他的浅绛山水里最出名的画。

他一生中画过多幅天池石壁，想来于天池，他当是有眷眷之心的。

黄公望画里的天池石壁，如今还矗立在苏州城外三十里的地方。

此山原名华山、花山，因为山顶有巧石绽若莲花。但因为黄公望画里的天池，山的这一面也被称为天池山。

这一带除了天池山，还有虎丘山、灵岩山、天平山，群峰起伏、连绵相应。不过知道虎丘、灵岩山、天平山的多，知道

元　黄公望
天池石壁图

天池山或花山的人,却要少一些。

大概因此,它尤其显得幽静。

春暮的时候我去过一次天池山,山中有快凋尽的花树,兀自独立在浓绿里,无端令人想起"木末芙蓉花,山中发红萼。涧户寂无人,纷纷开且落"的句子。

如今秋末,又因缘际会地走了一趟。树叶子都黄透了,衬着蓝澄澄的天,一片一片飘下来,落在台阶上,石头边,护栏下。

那护栏护着一口井,井沿刻着"怡泉"二字,据说这是魏晋时支遁凿的井,王羲之题的字。究竟有没有那么久远不知道。石板上有密密的浓苔,和着舞起来的黄叶,日光下看起来有一种极古寂的静。

据说是王羲之题的字

据说这口井仍是出水的,水质清冽甘美,取来烹茶殊是不坏。

井的左近是建有屋庐的,唤作"花山隐居"。

隐居的人来了,又走了。如今长留天地间的,唯是千年、百年一样的萧寒天气。

江南的冬天,就要来了。

渐渐昼短夜长,暖的阳光次第淡去,远的灯火次第明亮,把白天的木芙蓉、梧桐、楝果都淹没在近在咫尺的黑暗里。

这样的长夜,自此开始要延续三四个月。

想起《红楼梦》第六十三回的夜里,怡红院玩酒令,黛玉抽得一支签,上面写着"风露清愁",那便是开在此时的木芙蓉。

这种酒令,我们也常玩。

也不一定要喝酒。有好几年,若晚来无事时人还多,我们就会倒一点自酿的青梅酒,不能喝酒的倒一点暗香汤,把两三种签子放在一个大签筒里,所有签子抽完了方散。

若在这样的晚夕,坐在大痴行过的山里,吊一桶支遁凿出来的泉水,听楝果子有一声没一声地落着,花叶影影绰绰地摇着,一桌人擎着签筒子,这个抽中了梨花,"座中白衣当饮",那个抽中了茉莉,"冷梅花陪热茉莉共饮一杯"……

这样的夜,谁还会觉得萧杀?

常玩的酒令签子

瓶菜洵已美，蒸制美逾并

天平山的枫叶已经很红了。

与这红的热烈对应的，却是天气萧寒，到处都冷清。

旺山的耕岛里面，有山羊、菜地、荷沼，那两只大白羊慵懒地嚼着草料，路过就是一股膻味，菜地理成一小畦一小畦，便于分着租与城里来的人。

北塔寺的报恩塔，是三国吴时代已经有的。塔高十一层，一气爬上，不逊于登天平山，从塔顶俯瞰，历历皆是齐整的房子。院子里的几株腊梅已微微开了。

余庄向来安静。此季唯一的声响，是有人偶尔摇动水轩外银杏树的树枝，果子便如雨点般掉落下来。从前书院临水也有两株，初秋时结红色的果，再后来果肉烂尽，露出坚壳，是为白果。白果略略烤熟,食其里仁,滋味甚美,但有微毒,不可贪吃。

还去了石崂。二年前也去过石崂,一僧,一犬,一座年久失修仅有一进的石崂精舍。登上万峰楼可以看到右前方的石壁精舍永慧禅寺,同是精舍,相去岂以百里计。石壁正土木大兴,僧人也众;石崂却清苦寂寥,隐匿于难找入口的竹林里,迹近苦行。
不喜热闹的人,不觉冷清,倒觉出幽寂的好。

路过望星桥,看见桥头开始有人晒雪里蕻。这是上了年纪的人,仍然固执地循着时令按着旧有的习惯在准备冬菜了。
清人王士雄的《随息居饮食谱》里有很详细的雪里蕻腌晒之法:

> 晴日刈之,晾至干瘪,洗净,每百斤以燥盐五斤,压实腌之。数日后,松缸一伏时,俾卤得浸渍;如卤少,泡盐汤候冷加入,仍压实。一月后开缸,分装坛瓮,逐坛均以卤灌满浸为法,设卤不敷,仍以冷盐汤加之,紧封坛口,久藏不坏,生熟皆宜,可为常馔。若将腌透之菜于晴燥时,一日晒极干,密装干洁坛内,陈久愈佳,香能开胃,最益病人。用时切食,荤素皆宜,以之烧肉,虽盛暑不坏……

王士雄说的腌晒之法,简直和我从前所见的分毫不差。稍微不同的,是王士雄把雪里蕻称为"芥",也并未说明芥菜腌后成为咸菜,咸菜晒干即为梅干菜。二三十年前,家家可见晒干菜的盛况,现在,少了吧。

晒雪里蕻

我的家乡有著名的梅干菜,便是按着雪里蕻—咸菜—干菜的流程来的。如今我仍然记忆深刻。

咸菜须用好雪里蕻,初冬时,列在墙角下晒干水分,洗净切段,码在浅口大坛子里,码一层撒一层粗盐,让小孩用脚踩紧,用石头压好。

压过一段时间,浸出卤水来,是生青碧绿的,这便行了。生吃也可,新鲜辣口,如用来做菜,咸菜黄鱼汤也好,笋干咸菜粉丝汤也好,都是好味道。

这样的咸菜再拿去晒,便是干菜。十年以前,深街小巷偶尔还能看到有人家晒梅干菜,现在,恐怕已经很难寻找了。

从前,晒干菜季是一年中盛大的日子之一。小孩子常在各家各户晒干菜的摊子前窜来窜去,偷各家的干菜和笋干吃。

晒得的干菜家常备用。寻常没有菜了,上笼蒸一碗,碗里

晒干菜

蒸干菜

瓶菜洵已美,蒸制美逾并

放一点油和糖,便是下饭菜。没有汤了,取一撮用水泡开,便是菜汤。还有干菜蒸肉,须用好五花肉,让肉里的油蒸入菜中,蒸得了,干菜红腴,肉片晶莹。不过我不爱吃。我还是爱吃蒸干菜,清清爽爽的一碗。

《越中便览》里说,梅干菜多是居民自制自吃。

梅干菜有芥菜干、油菜干、白菜干之别。芥菜味鲜,油菜性平,白菜质嫩,用以烹鸭、烧肉别有风味,慈溪、余姚、绍兴居民十九自制。

后来做得出了名,还成了贡品。

雪里蕻做的咸菜和干菜盛行越中,大概也和雪里蕻在初冬野蛮生长有关系吧——你不知道它们生长起来有多么疯狂!

从前书院里就长满了野生雪里蕻……一片黄苍的土地上挤满了那些像萝卜似的叶子。也不知道哪里来的,许是各色小鸟从周围衔来的种子吧!——说起鸟儿们,书院里若是有公冶长就好了,时常只听见一片叽叽喳喳,好似有几千只小鸟在群聚议政,只不知它们严肃地聊些什么民生大事?

小鸟们到处穿梭,雪里蕻也就在演礼场、耕读园、敬业亭、半塘边……轰轰烈烈地生长起来了,竟似有人侍弄的一般整齐,我们拔过几株,最大的一棵直径抵得上一张圆桌。

很长时间我都以为这是油菜花。往往在冬春之际,金黄色的花淹没了书院的大路小径,春夏之际会结细小的深褐色

雪里蕻*

的籽。后来我才知道,这是雪里蕻的花——"叶子深裂,边缘皱缩",一点不错,那正是未开花时的雪里蕻,它又叫雪里红、雪菜、春不老、霜不老、辣菜。

可以拿来腌的,其实也不只有雪里蕻。

还有苋菜梗,苋菜的粗茎拿来腌,有两根手指那么粗,一并埋在咸菜缸里,吃时捞起来切段,放一点素油蒸熟,像吃筒子骨般啜一口,就流出冻状的芯子来,简直美艳照人,清香四溢。

还有呛蟹,就是三毛不知怎么写的那个——炝,还是枪,还是呛,我也搞不清。据说外地人很少有能吃得惯的,蟹肉雪白,蟹黄剥开来鲜红如火,最是上品。

这些腌菜,实在都是从前天气冷得狠时,不便做时鲜而备下的冬菜。小雪连着大雪,小寒连着大寒。这冷,要过足九九八十一天呢。

人间忽晚，山河已冬

　　打从叶家弄路过，看见山茶打了青色的苞，山茶打苞，天气就要更冷了。

　　又听见路上的人隐隐约约地说："……要过年了。"听着简直让人悚然一惊。年纪长了以后，总有一种刚刚才过完年马上又要过年的惶然。

　　可时间终究是不等人的。山茶打了苞，银杏也落了叶。

　　山茶是很耐冷的花。

　　陆游说它"雪里开花到春晚，世间耐久孰如君"，古人因此唤它耐冬。

　　我原来不认得山茶。

　　院子里一直有株山茶，有一年顶着残雪，隐在浓绿里开

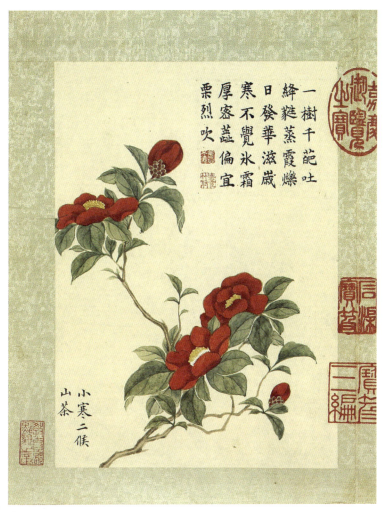

清 董诰 二十四番花信风·山茶

定慧寺的银杏

了手掌大的两朵，极其灼目的红——才知道，啊，竟然会开花啊。

我原来也不认得银杏。

隔得不远的定慧寺里有两株百年的银杏，过了好几年我才知道，银杏树落叶子的时候，有那么多人跑去看它们。

又过了好几年，才知道定慧寺东那一条极窄的巷子原来叫作苏公巷，是苏轼的苏。

定慧寺的银杏落起叶子来，真是好看极了。

凤凰街定慧寺巷34号的定慧寺，是座安静的小寺。

它造得极早，是唐咸通年间盛楚所创的般若院子院（般若院就是隔壁双塔寺），到了北宋大中祥符年间，才从般若院中分出来，唤作定慧禅寺。

苏轼和苏州定慧寺的缘分，起于黄州的定慧院。

元丰二年（1079），赫赫有名的乌台诗案爆发。

元丰三年初春，苏轼带着长子苏迈抵达黄州。黄州太守徐君猷虽仰慕苏轼已久，也不敢自作主张，只能将他父子二人安置在一座寺院里。

这座寺院，就是"定惠院"，也叫"定慧院"，初建于晚唐，到北宋元丰年间已颇为破落。

从当年二月初一到五月二十九，苏轼在定慧院住了近四个月。那首著名的《卜算子·黄州定慧院寓居作》就写在这个时候。

> 缺月挂疏桐，漏断人初静。谁见幽人独往来，缥缈孤鸿影。　惊起却回头，有恨无人省。拣尽寒枝不肯栖，寂寞沙洲冷。

苏轼那时常常整天闭门不出，从早睡到晚，唯与寺里的海常禅师关系甚密。海常禅师特意在寺院内为其建造寓所，名为"啸轩"。

转眼到了哲宗元祐六年（1091），被起复的苏轼在杭州做官，经常在苏杭两地来来往往。偶然的机缘，他听说苏州也有一个定慧院，遂起兴拜访。寺里的颙禅师听他说了这么一段旧事，便决定在苏州定慧寺也为他修造一处居所，名字仍然叫作"啸轩"，苏轼以后往来苏州，便住在啸轩之内，与寺内的守钦禅师等来往颇密。

这大概就是后来定慧寺东边狭窄小巷唤作苏公巷的由来。

世事无常。

哲宗元祐八年，苏轼再度被贬，这回是直接贬到了岭南的惠州……山高路远，他与守钦禅师虽彼此挂念，却无由相见。守钦禅师已经年老，便遣徒卓契顺带着守钦禅师和虎丘达禅师的信札、苏迈的家书，跋山涉水了三年，方走到惠州。这一番相见，苏轼记在了他的笔记《东坡志林》里：

> 苏台定慧院净人卓契顺，不远数千里，陟岭渡海，候无恙于东坡。东坡问："将什么土物来？"顺展两手。坡云："可惜许数千里空手来。"顺作荷担势，信步而去。

叶转金黄

卓契顺回去的时候,苏轼写了《次韵定慧钦长老见寄八首》和陶渊明的《归去来辞》相赠,又给虎丘达禅师回信说:"一片闲云无依着,悠然吹堕野人边。"

后来定慧寺又几废几兴。

如今,寺中有两株两百多年的老银杏,每当叶转金黄的时候,随风拂落,若有佛号梵唱,天地间一片宁静。

吴藕汀的诗画里说:"篱边野菊正堪娱,戏把山楂串念珠。"说的大概就是这个时候。

很小的时候住在弄堂里,有叫卖声走街串巷地路过,他胳膊里弯着的是很多大串,红的,大概不怎么值钱,母亲时常买一串给我挂在脖子上。可以吃,味儿不好,又酸又涩,好像还不如金樱子和一串红那一丁点的甜蜜。很多年,我都不知道那是山楂念珠。

想起来,除了母亲、小贩和我,整个弄堂都是清静的,也许记忆把其他人和声音都删掉了。

山楂葫芦此时正应景。架一口小锅在炉子上,我们也有模有样地串起糖葫芦来了。山楂很好吃,柔嫩酸甜,是这季节的零嘴儿。

南方人这时候也爱吃萝卜圆子。

做萝卜圆子的方法很简单,一般人家都会做,只要拣那滚圆实在的萝卜,洗净削皮后,用刨子把萝卜刨成丝,再用一定量的面粉掺进去,调成糊状,然后放些虾末和葱、姜、盐,用汤匙一个一个地放入浅浅的油锅中,等炸到黄澄澄的颜色时,取出即可。

生萝卜也好吃。脆生生的,有一股清甜滋味,而且还便宜,手臂那么粗一个也才一块钱。

天气越往后越冷。

可我有炉子啊,各种各样的炉子。

最初,是一个小的铁坐炉,很矮,大概是烧蜡烛用的。后来添了喜鹊梅枝的铸铁炉,又添了苦节君,再后来又添了小白炉、怀炉、铜手炉。

我还给自己画了个白泥炉。

冷天里最好的事儿,就是桌上起个茶炉,脚边起个炭炉,手里抱着怀炉,跟梅长苏有得一比——梅长苏因火寒毒,一到冬天就手脚冰凉,必须用火盆、手炉烧炭取暖。

古人用炭自然比这要讲究得多。《红楼梦》十九回里就说:

> (袭人)向荷包内取出两个梅花香饼儿来,又将自己的手炉掀开焚上,仍盖好,放与宝玉怀内。

梅花香饼入炉,可暖手,有暖香。

今冬用的梅花香饼(就是梅花炭),我们从夏天就开始

画好的白泥炉

做了。

这就拣个梅花香饼,起炉子去。

不过梅花香饼因为太讲究了,有点小奢侈。我今天烧了三只刚晒好的梅花饼,想起来就有点儿心疼啊。

梅花香饼入炉

能饮一杯无

江南的冬天,保持着它不疾不徐的步伐,并不像北方那般冰天雪地。

竹叶仍是青的,黄艳艳的橘子挂在枝头,枇杷花、茶花和芭蕉在此时也都开着花。银杏呢,完全变色了,一片金黄。

有经验的园艺师会在植树的时候就想到它们不同的个性,于是,园子一角,几棵糖槭配以几株银杏,再配着几株冷杉,到了季节,红的绿的黄的都有了,高低参差,烂似锦绣。

当然,清一色也是一种风格,像十梓街西半段皆植白玉兰,道前街一整段都植银杏,落叶时几周不许扫,也极好看。

在木渎的茶馆喝茶。说起来,木渎很有一些底气,但是听多了"乾隆六下江南驻跸之所"的宣传,每路过木渎,看见喧嚣飞扬里的牌楼,便没什么兴致深入到镇里。

想起那卷《姑苏繁华图》里的木渎,似乎精致胜于今日。

这是冬季里温暖的一日。茶馆里有一只默默燃烧着的炭炉,拨两块炭,把一些小橘子埋在热灰里,十几分钟后便有暖暖的橘香入口。其他人听琵琶、听琴、听古筝、听箫、看画、品茶、下围棋、聊天的一下午,我的收获是煨烤了15只小橘子,喝了一碗桂花冬酿酒,微微地有点发晕。

姑苏城外的人,可能不能理解这一碗桂花冬酿酒对苏州人的意义。

自泰伯奔吴,吴地便延续着以冬至为节的习俗,对冬至夜一向很重视。而桂花冬酿酒是冬至夜不可或缺的"一碗"。

桂花冬酿

每年十月，吴地乡农以糯米酿造"桂花酒""秋露白""杜茅柴""靠壁清""三白酒""十月白""生泔酒"……"三白"是用清泉水（白水）浸白糯米，用白面造曲酿成的；"靠壁清"是那种酿成后置壁间月余，碧清香甜的；"生泔"是酿而未煮即可饮的。

这种酿造方子也许是家传的，每家都不同。我喝过一种自己酿的"木犀酿"，酿酒的人说她酿完以后会放一些桂花进去——清淡之中，别有一种芳冽甘美。

观前的元大昌，每年冬至前七八天，门口必定大排几百人的长龙，买他家零拷的桂花冬酿酒，我喝过，味殊不坏。这好比啤酒，零拷的鲜啤总比瓶装的清鲜好喝些。

元大昌今年的味儿似乎比去年要甜些，颜色也较去年的浓艳，原本味道也不坏，只是和私酿的木犀酿比较，我更爱后者的清淡。

喝了冬至酒，便是漫长的冬日。

此后天地阳气开始越来越强，直到阳气盈盛。只是待阳气盈盛的日子还很长，大概要九九八十一天。

古人有消寒的小把戏，最常见的是画九九图。通常是画一枝素梅，有八十一片花瓣，每天涂红一瓣，八十一瓣全部涂红时，"瓣尽而九九出，则春深矣"。或者写一张九个字的消寒帖，一个字九划，每天写一笔，九天写一个字，也是写满八十一天，冬天就过去了。

消寒帖和消寒图每年都有人卖，不难找到，只是大多十分简陋,大约也是因为现在的人没有什么耐心去消这些寒,故此,两方都怠惰了。这些年我总想找些好看的梅花图来消寒,总是找不到。

　　索性,自己画一张九九消寒图吧,再备一只梅花形的小碗,备一段朱墨,准备着在将来的八十一天里,把这八十一瓣梅花朵,皆消了去。

漫长冬日的消遣

檐牙,枝最佳

我们院子里没有种腊梅。晚夕,却看见一大枝腊梅插在水盂里,冷香扑面的。大概是从附近哪里折回来的。这个时候,起码有十几树都在开了。

腊梅从来不被当作梅花看。可我老觉得,二十四番花信风之始梅花,该换成腊梅才对——这时候,和梅字沾边的、开了的明明是腊梅嘛。

不过二十四番花信,本来大概率就是个伪命题。

有人详细地考证过,说明朝以前,二十四番花信到底是哪些花其实混乱得很,直到明初出了个神人王逵,在他的《蠡海集》里,从小寒一直排到谷雨,详细列载了一整套始于梅花、终于楝花的二十四番花信,自此这套花信才广为流传开去。

腊梅*

《蠡海集》其实是一本涉乎阴阳五行、象数杂学的博物学书。在书中记载的这套花信里,花儿们是规规矩矩按天按候五天一开的。虽然这套花信无法解释为什么现实中花儿们并不听话,要么早晚乱开,要么抢作一团地开,但人们神奇地接受了它。

在王逵之后,也有人试图再接再厉。明人杨慎提出另一套二十四番花信:不排座次,阴阳冷暖各随其时。清人王廷鼎也在他的《花信平章》里,把王逵记载的花信风改进为一月八番,又把杨慎的花信风改进为一月两番。但到底都没有王逵记载的那套流行。

所以,就这样吧。

宋人说"腊梅为寒客",说得对极了。

腊梅的花很小,清瘦,比之梅花,更有一种孤寒冷僻的高士气象。

旧年在太湖小龙山,有一株腊梅就种在屋子旁。那是一株顶好的素心梅,生得清秀,又香,我觉得往后再也没有见过那么玲珑的腊梅。

太湖边水气湿漫,常年比城里要冷。有两年我都站在凛冽的风里摘五分开的花苞,然后站在冰窖一样的厨房里炒盐,一层花苞撒一层热盐,做暗香汤。当然后来我知道了,暗香汤只能用白梅做。腊梅不是梅,不灵的。

腊梅为寒客

那株素心梅好香。又因它被圈在我们的大门里，可以白天晚上肆无忌惮地摘，所以尤其觉得它的好。

蒋捷写过一首《霜天晓角》：

  人影窗纱，是谁来折花？折则从他折去，知折去、向谁家。 檐牙，枝最佳。折时高折些。说与折花人道：须插向、鬓边斜。

写腊梅的句子里，要算这个写得顶好。我一看见腊梅就记起这个。

古人都写梅花去了，写腊梅的真不多。

蒋捷在元人攻破临安前两年中进士，这于他，大概不算什么好事。

许多个腊梅开了的清冷夜里，不知他是否会记起红了樱桃、绿了芭蕉的往昔。

旧年这时候尚有木犀酿。

我试过拿花囊盛满一袋子新鲜腊梅，悬在新出的木犀酿上方一寸，让腊梅香气熏到酒液里去。古人管这种方法叫"悬花熏酒"。

宋人杨万里有一首《尝荼蘼酒》这样写道：

  月中露下摘荼蘼，泻酒银瓶花倒垂。
  若要花香熏酒骨，莫教玉醴湿琼肌。

> 一杯堕我无何有,百罚知君亦不辞。
> 敕赐深之能几许,野人时复一中之。

这里的荼蘼酒,便是将荼蘼花悬在酒面上,让花气沁入酒中,尝来清芬异常。

其实早在北宋,庞元英编写《文昌杂录》,就谈到当时京师宗室戚里流传这种熏酒的方法:

> 京师贵家多以酴醾渍酒,独有芬香而已。近年方以楪楂花悬酒中,不唯馥郁可爱,又能使酒味辛冽。始于戚里,外人盖所未知也。

用元人的说法,大概是因为"酒性与茶性同能逐诸香而自变"吧。

这种"熏酒""渍酒"之法,凡木香、腊梅、菊花、桂花、兰花、蔷薇,都可以照此炮制,或悬在酒坛内,或铺在酒面上,令花的香气入酒。不过我试了没成功,可惜了那一大袋腊梅。

早知道,就拿来多做些腊梅花露了。

腊梅的花露是很神奇的。刚做好的时候,闻起来臭臭的,那也不用管它,放在阴凉通风的地方,藏上大半年,再打开来嗅闻,腊梅的本相便会显露——那种幽冷清冽,是真让人叫绝的。

那是一种高士才有的气息。

腊八有粥

腊八前后,是江南最冷的时节。

沈周的《寒雀无声图》很有点为这萧冷写真的意思——闭门索居的士人,窗外冰天寒地,雀儿都冻得不出声了,沈周的题句上还说:

北风不看人情面,墙角梅花不放枝。

从前仿佛是更冷的。

我如今都记得自己的手背被冷得肿得老高,每年冬天都这么凉冰冰地肿着,甚至握不成拳,在风里努力地向掌心绷着。

屋檐下垂下冰凌,剔透晶莹。

我们有时候把冰凌摘下来嚼着吃。并不好吃,又凉又淡,

明 沈周
寒雀无声图

从前仿佛是更冷的

全是水罢了,但是嚼着很脆,嘎巴作响——也许应该用油炸一炸,"油炸冰溜子"据说是个名菜。

水缸也结了冰。从前家家有一只盛雨水的缸,平时结薄薄的一层浮冰,天气稍微冷点,便结指头那般厚的冰。

不知沈周的时代是如何挨过这冷去。

唐人冯贽的《云仙杂记》里说,有一种暖香,在大冬天里点燃就满室温暖如春,根本不用烧柴取暖:

> 宝云溪有僧舍,盛冬若客至,则不燃薪火,暖香一炷,满室如春。人归,更取余烬。

这未免也有点太神奇了……

还有一种据说是慈禧用过的"辟寒香",没那么玄,又很简单。

做"辟寒香"只需把丁香密密麻麻刺在橙子上就行——丁香就是鸡舌香,中药店都有卖的,看起来像个鸡舌,又像个小小的钉子,可以直接刺进橙子皮里去。大抵因为丁香禀纯阳之气以生,故而散出的辛香是能"辟寒"的。

我看到了,觉得有趣,照着做了几个,桌子上摆一个,架子上挂一个。闻着很是热辣辛香——腊月了,把寒气消一消去。

辟寒香

以往到了腊八,城里有名的寺院都会施粥。

我喝过北塔寺的粥,也喝过定慧寺的粥。有一年的腊八在北塔寺喝粥,对座中一碟干丝"惊为天丝",觉得平生都没有尝过这么清美的滋味。可惜我不爱喝粥，对豆菽类食物也不甚上口，因此也就只喝了一碗。隐约记得当日专门来寺里喝粥的人不少，一桌桌地换，施粥的、喝粥的、打包的、交谈的，热腾腾的气象。

这是惯例。喝粥的人，多不是为了喝那一碗粥，而是为着沾一些福气。

腊八煮粥的历史，据说早到北宋。

孟元老《东京梦华录》里有这样的记载：

> 十二月……初八日……诸大寺作浴佛会，并送七宝五味粥与门徒，谓之"腊八粥"。都人是日各家亦以果子杂料煮粥而食也。

可见那时候的粥已经很有样子了。不但腊八煮粥已成为民间食俗，且多与佛寺相关，又称"佛粥"。

熙宁四年（1071）的腊八，外放到杭州的苏轼跑到孤山去访僧惠勤、惠思，回来写了一首诗，说那天"天欲雪，云满湖"，也不知那天惠勤、惠思给他煮了腊八粥没有。

过了腊八就是年。

虽然现在是越到年底越忙乎，想农耕时代里，这大概是最萧散、最悠闲的一段时光了吧——庄稼都已经收好，地里只留着一茬茬的枯黄，不用下地干活的人们，操心的大概是打年糕、灌腊肠、准备过年用的柴火吃食这些琐事了——院子里用竹竿架几个三角棚，八角、桂皮、花椒加大盐入锅炒熟,凉透后涂抹在鸡、鸭、鱼和猪肉的内外,反复揉搓,直到肉色由鲜转暗,再压到盐缸里,最后挂在竹竿上面或悬在朝阳的屋檐下晾晒。这样的情景现在城里少见,在太湖农家还是常见的。

这时候若去太湖边走走,薄寒的日头晒着风尘仆仆的土路,田间偶尔有农人劳作,电三轮"突突突"地经过,池塘很清静了,挂着些残败的芦苇。

远远地可以看到缥缈峰,晴天甚至能看到峰顶的房子呢。

太阳也好。暖烘烘的太阳下,三两熟人,负暄闲话,再没有比这更合宜的时节了。

野地里的雪里蕻和野葱,也正在蓬蓬勃勃地茂发。

煮粥的果子杂料

插了梅花便过年

叶家弄是叶梦得的旧居所在。

我每次穿过叶家弄到定慧寺巷或者双塔菜场去,总会在一户人家前稍微停一下。

这户人家,大门口贴的对联是这样的:

> 隐富春山,秉成都节。

这是在低调地炫耀,他的祖先里曾有秉成都节的严君平、隐富春山的严子陵啊。

这家主人倒是颇有点与众不同。

要过年了。

年味儿虽淡,过年到底是一年的大事。

供了一盆水仙;买了一个拉开来会转成灯笼的福筒,扭亮里面的电烛,暖洋洋的很有喜气;备了大红礼盒装的好看得不像绿豆做的茶糕;收了一堆烫金、洒金的门神、对联、福字、窗花、红包壳,感觉可以用到2030年……

但比起小时候来,实在还是简素啊。

小时候,每到过年前都有裁缝到家里来,给一家子裁衣服。不晓得从哪里来的大长桌子,就搭在窗子前,在小孩子的眼里,真是壮观得很,各色各样的布料堆在上头,裁缝认认真真地和母亲交换想法。

过年是一年的大事

不全是厚布料。我有一件非常非常薄的罩衫，罩在棉袄外面的，红格子，上面嵌了金线，印象这么深，大概是因为做好以后，我穿着跑到院子里摔了一跤，天气又干又冷，独院子里有个小圆洼盛着宿夜的水，我一跑起来就扑倒在水洼里，弄脏了新衣服，登时大哭。

还有单位分年货，也是抹不去的印象。还有炒瓜子、炒花生。五斗柜上一个很大的香橼，是不能吃的，"'橼'谐音'圆'，取其吉利"。高脚的水晶碟子全要找出来，抹干净了，高高低低列着候命，预备放核桃、榛子、瓜子、花生……林林总总。

梅花也就快开了。

汪曾祺在《岁朝清供》里说：

> 曾见一幅旧画：一间茅屋，一个老者手捧一个瓦罐，内插梅花一枝，正要放到案上，题目："山家除夕无他事，插了梅花便过年。"

他说："这才真是'岁朝清供'！"文人们的岁朝清供，倒不如这山家清供来得清素诚心。

岁朝清供原不拘供什么，佛手，蔬果，梅竹，雅玩，只要自己喜欢，都是可以的。譬如宋人李嵩的岁朝清供，就是一大篮子山茶、瑞香、水仙、梅花。

一盆水仙，也算清供。若嫌一盆水仙过年太素了，几个人买上一大堆花材，花个半天时间，满满地做几篮子插花，也是

南宋（传）李嵩　花篮图

岁朝乐事。

前时特意往农圃堂走过,看梅花开了没有。可惜,还是小小枝。

农圃堂是范成大别墅旧址。

周必大在《吴中诸山记》里说,南宋乾道三年(1167),范成大作农圃堂,"对楞伽寺,下临石湖"。以后,范成大又陆续在湖边筑梦渔轩,在行春桥南筑盟鸥亭,在石湖之南筑绮川亭,在石湖北面造天镜阁等。

他还种了很多梅花,编了有史以来第一本梅谱《范村梅谱》。

后来农圃堂虽无存,遗址却未废。很多年以后,余觉在农圃堂旧址建了余庄。余觉夫人沈寿,号雪宧,是有清一代极其有名的苏绣大师,有《雪宧绣谱》一书。余庄建于民国二十一年(1932),是年沈寿卒,余觉亦晚年。

如今整个余庄还在,与天镜阁咫尺相对,石湖水环绕在它们周边。

余庄很安静。庄外有一株大银杏。天井里有一株焦了半边的古石榴。临湖的院子里一张石桌子伴着四个石凳子,半落的夕阳映在上面,有种瑟瑟的清冷。

人很少。可能过年的时候,来的人会多些。

一年将尽。
过去种种,欲相忘,能相忘否?

余庄的门

插了梅花便过年